AF198328

Tucholsky Wagner Zola Scott Sydow Freud Schlegel
Turgenev Wallace Fonatne

Twain Walther von der Vogelweide Fouqué Friedrich II. von Preußen
Weber Freiligrath Frey
Fechner Fichte Weiße Rose von Fallersleben Kant Ernst Richthofen Frommel
Hölderlin
Fehrs Engels Fielding Eichendorff Tacitus Dumas
Faber Flaubert
Eliasberg Ebner Eschenbach
Feuerbach Maximilian I. von Habsburg Fock Eliot Zweig
Ewald Vergil
Goethe Elisabeth von Österreich London
Mendelssohn Balzac Shakespeare
Lichtenberg Rathenau Dostojewski Ganghofer
Trackl Stevenson Doyle Gjellerup
Mommsen Tolstoi Hambruch
Thoma Lenz Hanrieder Droste-Hülshoff
Dach Verne von Arnim Hägele Hauff Humboldt
Reuter Rousseau Hagen Hauptmann
Karrillon Garschin Gautier
Damaschke Defoe Hebbel Baudelaire
Descartes
Hegel Kussmaul Herder
Wolfram von Eschenbach Dickens Schopenhauer
Bronner Darwin Melville Grimm Jerome Rilke George
Campe Horváth Aristoteles Bebel Proust
Bismarck Vigny Barlach Voltaire Federer Herodot
Gengenbach Heine
Storm Casanova Tersteegen Gilm Grillparzer Georgy
Chamberlain Lessing Langbein Gryphius
Brentano Lafontaine
Strachwitz Claudius Schiller Kralik Iffland Sokrates
Katharina II. von Rußland Bellamy Schilling
Gerstäcker Raabe Gibbon Tschechow
Löns Hesse Hoffmann Gogol Wilde Vulpius
Luther Heym Hofmannsthal Klee Hölty Morgenstern Gleim
Roth Heyse Klopstock Kleist Goedicke
Luxemburg Puschkin Homer
La Roche Horaz Mörike Musil
Machiavelli Kierkegaard Kraft Kraus
Navarra Aurel Musset Lamprecht Kind Kirchhoff Hugo Moltke
Nestroy Marie de France
Nietzsche Nansen Laotse Ipsen Liebknecht
Marx Lassalle Gorki Ringelnatz
von Ossietzky May Klett Leibniz
vom Stein Lawrence Irving
Petalozzi Knigge
Platon Pückler Michelangelo Kafka
Sachs Poe Kock
Liebermann Korolenko
de Sade Praetorius Mistral Zetkin

Der Verlag tradition aus Hamburg veröffentlicht in der Reihe **TREDITION CLASSICS** Werke aus mehr als zwei Jahrtausenden. Diese waren zu einem Großteil vergriffen oder nur noch antiquarisch erhältlich.

Symbolfigur für **TREDITION CLASSICS** ist Johannes Gutenberg (1400 — 1468), der Erfinder des Buchdrucks mit Metalllettern und der Druckerpresse.

Mit der Buchreihe **TREDITION CLASSICS** verfolgt tradition das Ziel, tausende Klassiker der Weltliteratur verschiedener Sprachen wieder als gedruckte Bücher aufzulegen – und das weltweit!

Die Buchreihe dient zur Bewahrung der Literatur und Förderung der Kultur. Sie trägt so dazu bei, dass viele tausend Werke nicht in Vergessenheit geraten.

Oversberg

Marie Freifrau von Ebner-Eschenbach

Impressum

Autor: Marie Freifrau von Ebner-Eschenbach
Umschlagkonzept: toepferschumann, Berlin

Verlag: tredition GmbH, Hamburg
ISBN: 978-3-8424-1197-5
Printed in Germany

Text der Originalausgabe

Marie von Ebner-Eschenbach

Oversberg

Aus dem Tagebuch des Volontärs Ferdinand Binder

Einundsiebzig Jahre alt ist unser Herr Generalinspektor, aber wetterfest und unermüdlich, hart wie Stahl und scharf wie der Nordwind im Dezember – und gescheit – und einen Blick!...»Wissen Sie, wie Sie sind, Herr Verwalter, oder Herr Förster, oder Herr Kontrollor?« oder was der ist, mit dem er eben spricht. »So sind Sie!« und dann sagt er's einem aufs Haar.

Bei mir, als ich ihm vorgestellt wurde, bald nach meinem Eintritt in die Ökonomieverwaltung, hieß es:»Herr Binder, Kaufmannssohn aus Wien. Der Jüngste der Familie, Nesthäkchen, wohlhabend und wohl verhätschelt – wie?«

Das war am Abend des ersten Tages, den er damals in Neuhaus zubrachte auf seiner Inspektionsreise. Eine Woche später, beim Abschied, fragte er nicht mehr:»Wie?« Da tranchierte er schon meinen inneren Menschen mit wahrem Hochgenuß und legte mich gleichsam mir selber vor. Ich wurde sehr rot und sprach:»Ich habe nicht gewußt, Herr Generalinspektor, daß ich von Glas bin.« Er schmunzelte, klopfte mir mit seinen langen knochigen Fingern auf die Schulter, daß ich's bis in den Ellbogen spürte, und nannte mich »Finaud«, eine Auszeichnung, zu der mir sämtliche Herren gratulierten.

Seit meiner ersten Begegnung mit ihm haben wir noch zweimal die Ehre gehabt, ihn bei uns zu sehen. Im Herbste trifft er immer aus Böhmen ein, um die fürstlich Dehsdorfischen Domänen an der mährisch-schlesischen Grenze zu besichtigen, und uns allen scheint, daß er mit den Leistungen der Forst- und Ökonomieverwaltung noch nie so einverstanden war wie dieses Mal. Beim Abschiedsdiner im großen Saale des Amtshauses kamen nur feine Sorten aus dem fürstlichen Schloßkeller auf den Tisch, und der Förster sagte mir:»Nach der Qualität des Weines, den er uns vorsetzen läßt, ist die seiner Zufriedenheit mit den Erfolgen seiner Inspektion zu bemessen. Danken Sie Gott, daß Sie nicht Anno 89 hiergewesen sind, als die Borkenkäfer in unseren schönsten Nadelholzbeständen gehaust. In jenem unvergeßlichen Jahre brachte der Inspektor den Toast auf den Fürsten nach dem Rindfleisch statt nach dem Braten aus, und zwar mit Eigenbau – Sie können sich denken! Jetzt noch, meiner Treu, jetzt noch, wenn mir etwas Unangenehmes passiert, kommt mir der Geschmack in den Mund.«

Nun, heute konnte der Förster sich gütlich tun, schon vor dem großen Augenblick, in dem der Herr Generalinspektor aufstand, in seiner großen, ungewöhnlichen Höhe und Schmalheit, und seinen halb gefüllten Champagnerkelch auf das Wohl des Fürsten leerte, ungern genug, denn er ist seinem Geschmack und seiner Überzeugung nach Wassertrinker.

Wir stimmten in sein Hoch ein, und nun erhob sich der Herr Dechant, der zu Häupten der Tafel saß, schneeweiß und stattlich.

Ein Pfeiler der Kirche wird er oft genannt, doch scheint mir diese Bezeichnung unrichtig, denn er hat nichts Steinernes und nichts Ausschließendes wie der Pfeiler, dem es nur um das eine zu tun ist, dem er seine Stütze verleiht. Viel eher kommt der Herr Dechant mir vor wie ein Baum, der seinen Schatten und seine guten Früchte allen reichlich spendet, die nach Labung begehren; ja seine Zweige sogar über die Ausgestoßenen und Verfemten breitet, deren es auch gibt in unserer Gemeinde.

Der Dechant, wie gesagt, erhob sich und brachte einen Toast auf die Anwesenden aus, die dabei Abwesende wurden (im Geiste), weil's gar so lange dauerte. Wenn der Dechant spricht, seh ich immer einen schwer beladenen Wagen vor mir, der den Berg hinaufrumpelt. Der Fuhrmann schläft, die Pferde duseln, das Holzwerk knarrt und stöhnt – man gäb was drum, wenn man rufen dürfte: Hüh! – Er aber hört sich natürlich gern und schaut nach jedem Satz im Kreise herum mit sehr naiver und sehr harmloser Selbstzufriedenheit.

Als er endlich geschlossen hatte und wir in Jubel darüber ausbrachen, nahm er wieder Platz und fragte den Herrn Inspektor:»Haben Sie meinen lieben Fürsten kürzlich gesehen, ist er recht wohl? – Und die liebe Fürstin, und die lieben, lieben Kindlein auch? Kommt er bald, wie er mir mittels lieber Korrespondenzkarte vom 3. April versprochen hat?«

Der Inspektor beantwortete alles mit ja, bestellte die schönsten Grüße und setzte hinzu:»Er läßt Ihnen auch sagen, daß er einen alten Freund betrauert, den Herrn Oversberg.«

»Oversberg?«

»Erinnern Sie sich seiner nicht mehr? Vor zehn Jahren war er hier mit dem Fürsten. Die Freundlichkeit selbst; sich immer bedankt für jeden Gruß und für jeden guten Morgen und guten Abend, den man ihm gewünscht hat: Danke schön, danke verbindlichst, und den Hut gezogen vor jedem Tagelöhner.«

»Ich weiß schon, ich weiß schon, ich hab ihn schon!« rief der Oberförster plötzlich, und sein Gelächter durchschmetterte den Saal wie Zimbelschlag und Paukenschall:»Er war da mehrmals mit auf der Jagd. Sein Gewehr, das hat er getragen wie eine Gitarre. Ich habe Ihnen noch gesagt, Herr Verwalter: Ich bin neugierig, was er uns da aufspielen wird, und Sie haben noch gesagt: Ich auch.«

»Schau, schau«, versetzte der Verwalter, ein guter, alter Herr, der seine Reden immer mit»und«beschließt.»Ja, man sagt so manches – und, und.« Wir warteten ein Weilchen, es war aber schon aus. Ohne das geringste Bedürfnis, noch etwas hinzuzusetzen, wies er schweigend den Kragen seiner lichtgelben Galaweste, der mit tückischer Hartnäckigkeit zu den Ohren seines Eigentümers emporstrebte, an den einem Westenkragen gebührenden Platz zurück.

»Ein Jäger war er nicht, nein, aber ein Schütz«, begann mein Nachbar, der kleine, lebhafte Förster, der einen semmelfarbigen, so üppigen Haar- und Bartwuchs hat, daß sich jeder Pinscher vor ihm verstecken kann. –»Dreimal hab ich ihn anlegen gesehen, zweimal auf Marder, einmal auf ein Wiesel, und mir gedacht: Sapperment, was aufsteht, liegt.«

»Auf das Schädliche mag er geschossen haben«, sagte der Inspektor,»mit Hasenblut hat er seine Hände nie befleckt, und zwar – aus Nächstenliebe.«

Wieder ließ der Oberförster sein Gelächter ertönen, der Dechant aber schüttelte bedächtig den Kopf:»Ich muß um Entschuldigung bitten, meine Herren; Herr Albrecht Oversberg war durchaus kein Hase. Ich entsinne mich seiner jetzt deutlich und deutlicher. Die Umgebung, in welcher er vor mein inneres Auge tritt, bilden Rauch und Flammen. Aber nicht als der Höllenfürst erscheint er mir, sondern als ein guter, stiller Engel. Und stehen sehe ich ihn auf der Feuerspritze neben dem Kommandanten der Feuerwehr, unserem zur Zeit in Gott ruhenden Herr Bäckermeister Lepitcek. – An jenem Tage schrie dieser Gute wohl aus Leibeskräften, hatte aber seine Geistesgegenwart durchaus eingebüßt. Ihm wurde später die Rettung des halben Dorfes bei dem furchtbaren Brande als sein Verdienst zugeschrieben. Indessen war es einzig und allein dasjenige des Herrn Oversberg.«

»Herr Dechant«, fiel der Inspektor ihm ins Wort,»weil ich Ihnen erzähle, daß der Fürst an dem Oversberg einen Narren gefressen hat, avanciert der bei Ihnen gleich zu etwas Rechtem.«

Der Greis sah ihn vorwurfsvoll an und sagte, halb im Ernst und halb im Scherze:»Was hat er Ihnen getan? Gestehen Sie's.«

»Mir nichts und niemandem. Unterhalten höchstens hat er mich, war für mich ein Rätsel, das lösen zu wollen mir nie eingefallen ist.«

»Ein Rätsel Ihnen, einem solchen Menschenkenner? – Das machen Sie uns nicht weis.«

»Bei dem Oversberg, Hochwürden, hat meine Menschenkenntnis mich sitzen lassen. In den konnte ich mich nicht hineindenken. – Und Sie, meine Herren, könnten Sie's? Können Sie sich vorstellen, daß ein Mann das Faktotum abgibt auf einem Gute, das früher (freilich nicht lange) sein war, und die rechte Hand des neuen Herrn wird? Und wer ist Ihnen der? Der angetraute Gatte der ehemaligen Braut desselben ›Mannes‹ – einer vielgeliebten Braut, notabene.«

Nein, wahrlich, keiner von uns konnte sich da hineindenken. Es hätte sich sogar jeder verachtet, der imstande gewesen wäre, seine werte Persönlichkeit in eine solche Lage zu versetzen. Darauf schworen wir.

Der Dechant jedoch wollte erst hören, wie das Verhältnis, von dem die Rede war, sich gebildet hatte, bevor er sein Urteil darüber aussprach.

»Wie sich's gebildet hat? – Wenn ich auf den Uranfang zurück muß, komme ich auf den Onkel, von dem Oversberg das Gut Siebenschloß geerbt hat. Das ist nicht wenig langweilig, melde ich Ihnen im voraus.«

Er musterte uns durch die Bank einen nach dem andern und erquickte sich ein Weilchen an dem niederschlagenden Eindruck, den seine Verheißung gemacht, dann fuhr er fort: »Ich habe ihn gut gekannt. Siebenschloß grenzt an die fürstlichen Güter in Böhmen, die ich damals schon unter der Leitung meines Vaters verwaltete. Er war – der Onkel Oversberg nämlich – ein einsamer, alter Junggeselle, ein Gelehrter. In welchem Fach glauben Sie? – Im Käferfach. Sammlungen einen ganzen Saal voll hat er gehabt. Dazu die Kataloge verfaßt und weitläufige Korrespondenz geführt mit in- und ausländischen Berufsgenossen und wissenschaftlichen Vereinen. Viele Jahre allein, bis er brieflich auf einen längst vergessenen Jugendfreund stieß, einen pensionierten Oberstleutnant. Der bewegte sich in den Schmetterlingen. Seliges Wiederfinden! Der Gedanke, einander neuerlich zu verlieren, ausgeschlossen. – Eine Viertelstunde weit vom Herrenhaus steht eine verlassene Mühle, an einem einst wasserreichen, jetzt nur noch schwach rieselnden Bach. Blumige Wiesen, Erlen und Weiden, hinter dem Hause ein Wäldchen, an dessen Saum eine Eiche. Sehen muß sie der Deutsche, um zuzugeben, daß sowas vorkommen kann in mährischen Landen. Die Mühle wird adaptiert, restauriert, kriegt ein Türmchen aufgesetzt, dürfte sich für ein Schlößchen ausgeben, wenn sie wollte, und wird auch so getauft.«

»Genannt«, warf der Dechant dazwischen.

»– Der Oberstleutnant zieht ein mit seinen toten Schmetterlingen, mit einem großen Porträt seiner seligen Frau Gemahlin und mit seiner lebensprühenden Tochter Lene. Ein Bild von einem Fräulein, und elegant, sage ich Ihnen – immer in Spitzen; verdreht Männlein und Weiblein die Köpfe, den ersten durch ihre Schönheit, den zweiten durch ihre Toiletten. Reger Verkehr entspannt sich zwischen dem Käferonkel und dem Schmetterlings-Oberstleutnant. In Bälde wird Albrecht Oversberg nach Siebenschloß zitiert. Eine Ehre, die ihm selten widerfährt. Könige und alte Junggesellen mögen ihre Erben nicht. Aber die Freunde haben ihren Plan. Albrecht soll sich in Lene verlieben und *vice versa*.«

» *Versa*«, berichtigte der Dechant, worauf der Inspektor sein spöttisches Räuspern vernehmen ließ, das nichts anderes heißt als: – Wenn Sie glauben, daß ich Sie um Ihre Kenntnisse beneide -, und weitererzählte:»Das war in den Osterferien. Onkel Oversberg, müssen Sie wissen, hatte den Neffen in Anwartschaft auf das berühmte Erbe Ökonomie studieren lassen, ihm aber keine Gelegenheit gegeben, die erworbene Weisheit praktisch anzuwenden. So war Albrecht mit unzureichenden Mitteln einen Pacht eingegangen, bei dem er sein bißchen Eigenes einbüßte. Später wurde er Professor an einer Ökonomieschule.«

»Richtig!« rief der Oberförster. »Derjenige, welcher bei der Praxis abgeblitzt ist, sucht sein Glück bei der Theorie«, und der Inspektor versetzte:»Wo immer er früher sein Glück gesucht, jetzt hatte er's gefunden. Es lachte ihn an aus den Augen des Fräuleins Lene und sprach zu ihm aus dem Munde des Onkels. Er soll das Fräulein heiraten, Siebenschloß übernehmen; der Oberstleutnant behält den ihm liebgewordenen Wohnsitz, die Freunde bleiben beieinander und Vater und Tochter auch. –Alles rollte wie auf Rädchen, die Alten jubilierten, die Verlobung wurde gefeiert. Wir waren auch geladen, mein Vater und ich, und halfen redlich mit, die Braut anschwärmen. Natürlich, sie war danach. ›Moosrosenknospe‹ nannte sie mein Nachbar zur Linken, ›Morgenröte‹ mein Nachbar zur Rechten. Der glückliche Unglückliche aber, der Bräutigam, mußte sich nach empfangenem Verlobungskuß und getauschtem Treueschwur losreißen und nach seiner Hochschule zurückkehren, um seinen Kurs zu Ende zu lesen. Zur Trauung sollte er wieder in Siebenschloß eintreffen. Indessen – was geschieht? Es zeigt sich, daß die Vertiefung ins Schmetterlingsfach dem Menschenverstand weniger abträglich ist als die ins Käferfach. Der Oberstleutnant fängt Ihnen nach und nach an zu merken, daß es nicht recht geheuer ist mit der Wirtschaft auf dem Gute. Sie ist unter der fünfzigjährigen Regierung eines Gelehrten auf eine schiefe Ebene geraten und rutscht abwärts, langsam, aber sicher. – Was tun?... ›Öffnen Sie ihm die Augen, Sie sind praktische Ökonomen‹, sagt der Oberstleutnant, auf das äußerste bekümmert, zu meinem Vater und mir. ›Helfen Sie, reden Sie mit ihm!‹ – Wir reden. Er ist wie ein Bock. Warten sollen wir, bis sein Neffe kommt, der hat studiert, der wird's uns zeigen, bei dem können wir in die Schule gehen. Das war alles sehr fein gegeben, und wir haben gleichfalls fein repliziert, daß wir jede Gelegenheit, etwas zu lernen, gern ergreifen. Keine sechs Wochen später starb der alte Oversberg nach kurzer Krankheit. Sein Neffe kam zum Begräbnis und war so ergriffen, daß wir meinten: Dem hat am Ende ein guter Freund verraten, wie's bestellt ist mit seiner Erbschaft. Aber nein, das dämmerte ihm erst auf, als er sie antrat.

Was wahr ist, ist wahr; er hat nicht gesucht, sich ein X für ein U vorzumachen, nicht lange herumgewackelt zwischen dem ersten Zweifel und dem letzten – zu mir gesagt: ›Sie kennen die Verhältnisse. Wie steh ich? Ich will es wissen.‹ – Da habe ich ihn sich selbst von allem überzeugen lassen durch den Augenschein, und er ist natürlich von einer unangenehmen Überraschung in die andere geraten; und gänzlich niedergebrochen in der Kanzlei, beim Addieren der Rück- und Ausstände. Auf einmal legte er die Feder hin, stemmte die Ellbogen auf den Tisch, drückte das Gesicht in die Hände und blieb in dieser Position, bis ich ihn endlich mahnte: ›Nun, Herr Oversberg, belieben Ihre Gedanken Audienz zu geben?‹ Er guckt auf, schaut herum, ganz verloren, ich rufe ihn an: ›Kommen Sie zu sich, wo sind Sie?‹ Nun hat er ein Lächeln von besonderer Art gehabt, das ihm geblieben ist bis an sein Ende: ›Ich war bei einem Leichenbegängnis‹, gibt er zur Antwort ›welch ein Trauerzug – unübersehbar – ich habe meine Hoffnung begraben.‹

Was er sagen wollte, war nicht mißzuverstehen, und ich freute mich, daß er's von selbst begriff: kein Geld, keine Braut. Die Temperaturveränderung im Benehmen des Oberstleutnants gegen ihn konnte ihm, trotz aller seiner Unschuld in solchen Dingen, nicht entgehen, und er hatte sich ferngehalten von dem Schlößchen auf der Wiese während der ganzen Zeit, die wir brauchten, um ins reine zu kommen über den Stand seiner Angelegenheiten.

Was wird er jetzt wohl anfangen? dachte ich mir, wollte ihn aber nicht fragen.

Am nächsten Tage, es war um Johanni und sehr heiß, trieb mich die Neugierde wieder zu ihm. Unterwegs, in der Nähe seiner Wohnung, traf ich den Oberstleutnant und seine Tochter, die von der Schmetterlingsjagd heimkehrten. Er hatte ein paar Schwalbenschwänze auf dem Hut stecken, sie trug ein Spiritusfläschlein und einen Pinsel, um den Gefangenen damit auf die Köpfe zu tropfen, weil sie es nicht leiden konnte, das Ungeziefer an der Nadel zucken und flattern zu sehen.

Der Oberstleutnant winkte und rief mir schon von weitem zu, sehr aufgeregt, wie er seit einiger Zeit immer war: ›Guten Nachmittag! Kommen Sie, kommen Sie, machen wir eine!‹

Eine Partie Domino, meinte er. Ich sagte, daß ich bereit sei, und folgte ihm ins Haus.

Das Fräulein jedoch schickte er fort, mit vielerlei Aufträgen. Würde sie allem nachgekommen sein, bis zum Abend hätte sie zu tun gehabt.

Nun, wir setzten uns hin und spielten.

Mein Gegner war nicht bei der Sache, verlor nacheinander zwei Partien und stand im Begriff, auch die dritte zu verlieren. Er beugte seinen breiten Nacken, stützte seine Arme in die Seiten, schnaubte und zog die niedere Stirn in Falten, und hinter der saß Ihnen ein Eigensinn, ein unglaublicher, kein eiserner, sondern der von der unüberwindlichen, der zähen Art.«

»Wenn man diese Beschreibung hört, denkt man: der reine Zyklop«, sprach der Dechant, und der Inspektor, ärgerlich über die Unterbrechung, versetzte: »Kenn das Tier nicht.«

Er protzte einmal gern damit, daß er fremd war auf humanistischem Gebiete. Auch früher habe ich schon bemerkt, daß Gelehrte oft weniger stolz sind auf ihr Wissen als Ungelehrte auf ihre Unwissenheit.

»Gut also«, fuhr der Inspektor fort. »Glauben Sie mir – nicht, daß ich es jetzt sage, nein, damals, wie ich mir ihn recht betrachte, denke ich, er könnt einem angst machen, der Mann, mit seiner Aufgedunsenheit und seinem kurzen Atem. Früher war mir das nicht so aufgefallen, und verändert hat er sich ja seit dem Tode seines Freundes, und seitdem die Aussichten auf eine gute Partie für das Fräulein Tochter verschwunden sind. ist doch ein alter Mann, und gar viel dürfte über ihn nicht kommen, sonst wär's gefehlt – den Eindruck machte er mir. – Daß sein Appetit fort ist, gibt er selbst zu, und die halben Nächte schreibt er – er, dem das Schreiben – oder wie er sich ausdrückt: das Herumkratzen mit einem Stückchen Eisen auf dem Papier – Zähneknirschen macht. Und am Morgen trägt er selbst rekommandierte Briefe an seinen Vetter in Wien auf die Post und holt auch selbst die eintreffenden Antworten ab.

Er stierte noch immer ratlos seine Steine an. Ich unterdessen sah von meinem Platze aus durch das Fenster und erblickte Ihnen unten auf dem Fußsteig am Wiesenrande den geehrten Herrn Oversberg. Er schreitet einher, langsam, aber ohne sich aufzuhalten.«

Da interpellierte ich den Herrn Inspektor: »Darf ich fragen, ist er ein hübscher Mensch gewesen? Wie hat er ausgesehen?«

»Wie soll er ausgesehen haben? Nicht groß und nicht klein, nicht dick und nicht dünn; blaue Augen, braune Haare, braunen Backen- und Schnurrbart, das Gesicht, trotz seiner einunddreißig Jahre, noch wie Milch und Blut. An dem Tage mehr wie Milch, und zwar wie gestockte. Gut denn. Der Oberstleutnant streckt endlich die Hand aus und setzt seinen Stein an – ich will eben den meinen, meinen letzten, umschlagen – Domino hätte ich gemacht, da klopft es an die Tür, und Oversberg tritt ein. Er schien nicht gerade besonders an- genehm überrascht, mich da zu finden, begrüßte mich ebenso kühl, wie er den Oberstleutnant warm und gerührt begrüßte, worauf ich Miene machte, mich aus Diskretion zu empfehlen.

Aber der Alte hielt mich fest: ›Bleiben Sie, bleiben Sie! Wir haben keine Geheimnisse, Herr Oversberg und ich. Was Herr Oversberg mir sagen kommt, darf die ganze Welt wissen. Wohl, wohl. Neh- men Sie Platz, Herr Oversberg!‹

So gibt er ihm einen Herrn Oversberg nach dem andern, und mit dem: Herr Schwiegersohn und: Lieber Herr Sohn ist es aus.

Mein guter Oversberg ging sofort auf den Ton ein, was blieb ihm übrig?

›Sie wissen alles, Herr Oberstleutnant‹, sagte er. ›Sie sind genau unterrichtet von der in meinen Verhältnissen eingetretenen Wen- dung.‹

›Wendung, ja, das ist es‹ – dieses Ausdrucks bemächtigte sich der Oberstleutnant mit großer Geschwindigkeit. – ›Eine Wendung zieht die andere nach, und so stehen wir nicht mehr wie früher, leider, leider. Ich bedaure – besonders wegen meiner Tochter. –Was uns betrifft, uns Männer, Gott im Himmel, ich habe meine Dorothea verloren und lebe und kann mich freuen über einen Schmetterling. Sie werden sich also hineinfinden; aber auch sie wird sich hinein- finden, wohl, wohl, in das Unabänderliche.‹

Das Fräulein zu sprechen wünsche er doch sehnlich, erwiderte Oversberg. Wenn er auch Siebenschloß nicht behaupten könne, ganz mittellos sei er nicht. Die Möglichkeit, das Gut nach seinem vollen Werte zu verkaufen und im Besitz eines kleinen Vermögens zu bleiben, habe sich ihm geboten. Er zog einen Brief aus der Brusttasche und überreichte ihn dem Oberstleutnant. Der setzte den Zwicker auf die äußerste Spitze seiner kleinen Nase, denn nur da fand dieser einen Halt, und las halblaut vor, was sein Vetter, Theodor von Siegshofen, ein reicher Großhändler in Wien, an Oversberg schrieb. In Schlangenwindungen kam er heran. Ein kurzer Aufenthalt, den er im vorigen Sommer bei seinem lieben Verwandten, dem Oberstleutnant, in Siebenschloß genommen, war ihm unvergeßlich. Die Luft so gesund, die Gegend so sympathisch. Er hatte allerdings keine Ahnung, ob Herr Oversberg daran denke, sich von dem Besitze zu trennen. In dem, wenn auch nicht wahrscheinlichen, aber doch möglichen Falle jedoch, daß er sich heute oder morgen oder übers Jahr dazu geneigt fände, bäte er ihn, sich seiner als eines ihm im Wort Stehenden zu erinnern.

Davon, daß der Großhändler seinen Besuch beim Oberstleutnant in Begleitung seines Sohnes abgestattet und daß dieser einzige, vielgeliebte Sohn sich sterblich in Fräulein Lene verliebt hatte und sie mit zärtlichen Briefen bombardierte, davon stand in dem väterlichen Schreiben natürlich nichts. Und wenn auch etwas gestanden hätte, mein guter, guter Oversberg würde doch nichts gemerkt haben.«

Wir lachten, am lautesten aber lachte der Kontrollor, der – ich wette darauf – selbst nichts merkte von einem Zusammenhang zwischen dem Besuche des Herrn von Siegshofen in Siebenschloß und diesem Briefe.

»Ich konnte«, begann der Inspektor von neuem, »mich nicht enthalten zu sagen: ›Dieser Antrag kommt a tempo; merkwürdig a tempo!‹

Den Oberstleutnant befiel eine kleine Verlegenheit, er wetzte auf seinem Sessel hin und her und sprach: ›Wohl, wohl. Jetzt aber heißt's überlegen. Was werden Sie antworten?‹ – ›Ich habe geantwortet.‹ – ›Sie haben?‹ – ›Worauf denn warten?‹ – ›Nun‹, meinte ich, ›schimmlig wäre Ihnen in acht Tagen die Sache nicht worden, und einem Kaufmann solche Eile zeigen... Klugsein ist anders.‹

›Ganz recht, aber – jeder kann, was er kann, nicht mehr, nicht um das Geringste mehr. Ich kann die Ungewißheit nicht ertragen, ich muß mir die Wenn und Vielleicht abgewöhnen, die machen mich irre!‹ Indessen – immer sanftmütig und durchaus nicht wie einer, der irre ist – wandte er sich an den Oberstleutnant: ›Ich habe Herrn von Siegshofen Siebenschloß angetragen (angetragen auch noch!) um einmalhundertfünfzigtausend Gulden. Gibt er sie, und das kann man geben, dann bleiben mir nach meiner Berechnung zwanzigtausend Gulden, eher mehr als weniger.‹

›Zwanzigtausend Gulden?‹ wiederholte der Alte in einer Art, wie wenn das ein Pfifferling wäre, den er für seine Person nicht einmal mit einem Hölzchen anrühren würde. Dann gab er Redensarten von sich, Versicherungen größter Hochachtung, tiefgefühlten Bedauerns, ewiger Dankbarkeit, stand auf und machte mit der Hand, die stark zitterte, eine entlassende Gebärde. Er hätte ihn um alles gern draußen gehabt, bevor die Tochter zurückkam. Aber das war sogar von dem lieben Oversberg zuviel gefordert. – Sehen möchte er sie doch noch, wiederholte er, gleichfalls aufstehend, als der höfliche Mann, der er war. Der alte Herr, ganz puterrot, legte sich aufs Bitten: ›Machen Sie ihr das Herz nicht schwer, sehen Sie – wozu wohl?... Geschieden muß sein.‹ – ›Herr Oberstleutnant, ich möchte das, wie schon gesagt, aus ihrem eigenen Munde hören.‹ – ›Als ob sie etwas dreinzureden hätte... Sie hat nichts dreinzureden, sie ist siebzehn.‹

Da wurde Oversberg etwas entrüstet: Wenn alt genug, um ein vor Gott und den Menschen fürs Leben bindendes Ja zu sprechen, doch wahrlich auch alt genug, um ein Nein zu sagen, das nur er allein gelten zu lassen braucht, sagt er; und wenn er schon ihr Ja nicht hören soll, ihr Nein will er hören. Darauf besteht er, merkt nicht, daß der Oberstleutnant bereits am ganzen Körper zittert, alle Farben spielt und aussieht zum Erschrecken. Nun, daß man Widerspruch erfahren kann, hat er längst vergessen. Die Schmetterlinge widersprechen nicht, die Tochter auch nicht, die tut, was sie mag, und hält den Mund. Die alten Leute vertragen ein Zuwiderhandeln besser als ein Zuwidersprechen. Plötzlich senkt der Oberstleutnant die Stimme, und Oversberg ruft: ›Da ist sie ja!‹ –

In einem weißen Kleide, den großen, runden Hut in der Hand, die Haare mit einem rosenfarbigen Bande hinaufgebunden wie ein kleines Mädchen, kommt Fräulein Lene, rot und erhitzt, daher und auf Oversberg zu mit hellichter Freude: ›Albrecht‹, sagt sie, ›erinnern Sie sich einmal, daß Sie eine Braut haben? – Es ist Zeit. Ich habe wirklich geglaubt, Sie wollen nichts mehr von mir wissen!‹

Wenn sie das geglaubt hatte, als sie ihn sah, glaubte sie etwas anderes. Mit einer Wonne blickte er sie an und mit einer Bewunderung! Und hatte im selben Moment alles vergessen, außer daß sie da vor ihm stand, voll Jugend, Schönheit und Liebe, und daß er vierzehn Tage in ihrer Nähe zugebracht und ihren Anblick entbehrt hatte.«

Hier beging der Oberförster eine Taktlosigkeit. Er platzte heraus mit seiner plumpen Lacherei, zwirbelte seinen stichelhaarigen Knebelbart, seine Äuglein blinkten unter den herabhängenden Brauen und den immer halb geschlossenen Augendeckeln weinselig hervor, und er kicherte:»Belieben zu gestehen, Herr Inspektor, der Herr Inspektor werden selbst in das schöne Fräulein verguckt gewesen sein?«

Unser Gestrenger nahm die Dummheit übel. Sein harter Blick schoß dem Oberförster ein: Sie Lümmel! mitten ins Gesicht.»Wir wollen von etwas anderem sprechen«, sagte er, und seine Lippen drückten sich fest und klamm zu wie eine Kasse, die man absperrt.

Wir mußten lange bitten, bevor er sich wieder herbeiließ, das Wort zu nehmen:»Der Oberstleutnant fuhr seine Tochter an: Wer sie gerufen habe und wie sie sich unterstehen könne, und augenblicklich solle sie sich auf ihr Zimmer begeben. Aber das Fräulein verhielt sich nicht anders, als wenn er chinesisch zu ihr gesprochen hätte. Mein guter Oversberg hingegen, wie er die Unerbittlichkeit des alten Herrn auch seiner Lene gegenüber sieht, gibt die letzte Hoffnung auf, nimmt sich zusammen, soviel er kann, und spricht: ›Fräulein Lene, ich habe um Sie geworben, obwohl ich ja eigentlich zu alt für Sie bin – in der Überzeugung, daß ich Ihnen das Leben angenehm werde gestalten können. Das war ein Irrtum. Ich bin nicht nur zu alt, ich bin auch zu arm für Sie und gebe Ihnen denn Ihr Wort zurück.‹ –

Ei, wie sie diese Erklärung aufgenommen hat! – Wer das nicht gesehen hat – hat nichts gesehen. Das Erstaunen erst, das grenzenlose. Ihr Wort zurückgeben, er – ihr?... Steht die Welt auf dem Kopf? Gibt's keinen Verlaß, keine Treue mehr? – Und dann: ›Haben Sie nur ein Wort von mir, habe ich nicht auch eines von Ihnen?‹ interpellierte ihn das junge Ding mit dem Anstand eines Staatsanwalts. ›Fragen Sie doch, ob ich Ihnen das ihre zurückgebe.‹

Viele Jahre sind darüber hingegangen – ich kann natürlich nicht jede einzelne Rede wiedergeben, wie sie gelautet hat, im ganzen aber stimmt's. So vielerlei einem im Laufe des Lebens um die Ohren summt – es ist Unvergeßliches darunter. Der Kampf zum Beispiel, zu dem es damals kam zwischen Vater und Tochter.

Der liebe Oversberg wankte anfangs hin und her. Sprach sie, gab er ihm recht, und umgekehrt, wie sich's für einen so extra edlen Menschen gehört, der immer trachten muß, ein Exempel für alle andern zu sein. Einmal bat er: ›Fräulein Lene, fügen wir uns‹; ein anderes Mal: ›Vertrauen, Herr Oberstleutnant – etwas wert bin ich doch, ich werde mich emporringen.‹

Der Oberstleutnant sah entsetzlich aus, tauchte sein Sacktuch alle Augenblicke ins Lavoir und preßte sich's an die Stirn und kam zuletzt in seiner Verzweiflung mit allem heraus, was ihn schon lange gedrückt haben mochte. Er hatte darauf gerechnet, daß Oversberg, der Ehrenmann, seine Ansprüche auf die Hand des Fräuleins jetzt aufgeben werde, und sie dem jungen Siegshofen zugesagt. Ja, das hatte er getan – er konnte sich nicht anders helfen. Die Obervormundschaftsbehörde verlangte von ihm zum – ich weiß nicht wievielten – Mal, daß er Rechnung lege über das Vermögen, das seine Tochter von ihrer Mutter geerbt hat. Nun, er kann Rechnung legen, es ist nur eben kein Vergnügen und würde einem Schreibereien machen ohne Ende. Kurzum, er will einen Schwiegersohn, der ihn instand setzt, auf die Frage: Wo ist das Geld? antworten zu können: – Da liegt's!... Heute, wie die Sachen stehen, wüßte er nur zu sagen: Wo? – man solle doch Lene selbst fragen. Ja, er war ein schwacher Vater; was sie haben wollte, gab er ihr, und was wollte und brauchte sie nicht!... ›Bitte, sehen Sie doch selbst, wie sie herumgeht auf dem Lande. Spitzenkleid, Spitzenhut, seidene Strümpfe. Unsere Nachbarin, die Fürstin, geht in Loden – die bürgerliche Stabsoffizierstochter in Sammet... die Fürstin in Perkal – sie in Gaze und so weiter... wohl, wohl, immer wie eine Prinzessin, die auf ihren verwunschenen Prinzen wartet... Und bitte, gehen Sie doch in ihre Zimmer – überzeugen Sie sich, wie sie wohnt, und sagen Sie dann selbst, ob sie danach ist, einen Professor an einer landwirtschaftlichen Schule oder einen kleinen Pächter zu heiraten.‹

Lene erwiderte, ihr liege nichts an den Fetzen und an dem Tand, ihr liege nur an ihrem Albrecht. Sie flammte, der Oberstleutnant war in das Stadium des Weißglühens gelangt. Ganz heiser, stöhnte und keuchte er nur noch und deutete auf die Pistolen, die auf dem Schranke lagen: ›Die sind meine letzte Zuflucht, dahin treibst du deinen Vater... Entscheide – wähle: ihn oder mich.‹ Und sie macht ein Paar Augen, so recht wie ein wildes, feuriges Füllen, stampft mit dem Füßchen und ruft aus, ohne sich zu besinnen: ›Ihn, ihn! – wie kannst du nur zweifeln?‹«

»Sein eigenes Blut!« grollte der Kontrollor, der sieben schon erwachsene Kinder hat und sie in der Corda hält, daß sie nicht schnaufen können.

»Nun, ich kann Ihnen versichern«, versetzte der Herr Inspektor, »daß ich so etwas wie ein Ameisenhaufen über den Rücken verspürte bei der standhaften Erklärung des Fräuleins. – Stark, sehr stark von einer Tochter, dachte ich, was wird wohl unser Oversberg dazu sagen? und sah ihn darauf an und bemerkte, daß er die Stirn finster runzelte. – ›Onbsp;Fräulein Lene!‹ sprach er vorwurfsvoll. Zugleich vernahm ich ein Stöhnen und einen schweren Fall, der Oberstleutnant war umgesunken, hatte sich rasch aufrichten wollen, schlug ein zweites Mal hart auf mit dem Kopfe und lag da wie tot.

Großer Schrecken, kleine Überraschung – wie gesagt, ich hab es kommen sehen.«

»Und Sie haben dennoch das Fräulein, das Unglückskind, nicht aufmerksam gemacht?« fragte der Dechant. Es rollte und grollte in seinen Worten wie in einer Gewitterwolke, und seine hohe gewölbte Stirn wurde ganz rot, wie immer, wenn er mit aufsteigendem Zorn in seinem Innern kämpft.

»Nein, Hochwürden«, antwortete der Inspektor, »weil ich damals schon bleibenließ, was ich für unnötig hielt. Nun denn: wir rissen dem Ohnmächtigen die Krawatte herunter, legten ihn flach auf sein Bett, labten ihn, was wir laben konnten. Der Arzt kam, das denkbar mögliche geschah. Zwölf geschlagene Stunden blieb Ihnen der alte Mann bewußtlos, und als er endlich zu sich kam, war die Gefahr noch lange nicht vorbei. Wochenlang hing sein Leben an einem dünnen Faden. Er war nie krank gewesen, nun packte es ihn auf einmal und wollte ihn nicht mehr loslassen. Und doch wäre ich Ihnen lieber in seiner Haut gesteckt als in der des Fräuleins, so schön die war. Ihre kindliche Liebe hatte sich wieder gemeldet, zu ihrer Strafe und Qual. – Oversberg machte es ihr auch nicht leicht. ›Fräulein Lene‹, hörte ich ihn einmal zu ihr sagen, ›wenn er nicht gesund würde, wir hätten keine ruhige Stunde mehr.‹ – Merken Sie: Wir, die Hälfte der Schuld nahm er auf sich. – ›Er muß gesund werden, und was er will, muß geschehen. Nicht wahr, Fräulein Lene?‹ Sie nickte stumm: ja, sie war gebrochen, und er und sie pflegten den Alten Tag und Nacht, wie zwei Geschwister ihren Vater.

Während der Krankheit des Oberstleutnants wurde der Verkauf von Siebenschloß perfekt gemacht. Ich, damals noch ein Neuling, vertrat die Interessen Oversbergs gegen einen mit allen Salben geschmierten Kerl von einem Wirtschaftsrat, der im Namen des Herrn von Siegshofen abschließen sollte. Manchen Vorteil ließ ich mir abgewinnen, mich oft in die Enge treiben. Hatte ich einmal das Feld behauptet, und stritt der andere nur noch zum Scheine weiter, da richtig! war auch schon der liebe Albrecht da und verdarb mir alles mit seinem ewigen: ›Geben Sie nach, schließen Sie ab. Ich habe vorher gelebt, ich werde nachher leben. Der Oberstleutnant kommt zu keiner Gemütsruhe, ehe man ihm nicht den Kaufkontrakt auf die Bettdecke legt.‹

Jeder Mensch hat wohl im Leben etwas, das er sich nie verzeiht – ich habe diesen Verkauf. Die Rechnung Oversbergs war richtig. Zwanzigtausend Gulden mußten ihm bleiben, wenn der Geschäftsmann des Herrn von Siegshofen nicht zu denen gehört hätte, die dem Stier die Hörner vom Kopf herunterhandeln. Unter den obwaltenden, für den Verkäufer höchst ungünstigen Umständen blieben ihm kaum fünfzehn.

Am Tage, nach dem wir dieses traurige Resultat erreicht hatten und die Übergabe stattfinden sollte, erschienen Vater und Sohn Siegshofen in Siebenschloß. Der Vater, ein kleiner, schlauer schlagfertiger Mann, mit einem Gesichte wie ein Wiesel, der Sohn fünfundzwanzig Jahre alt, hochaufgeschossen, engbrüstig, blutarm, lauter Nerven, kein Nerv. Er schien sehr verliebt in Fräulein Lene. – Sie ist wahrscheinlich das erste gewesen, nach dessen Besitz er eine Weile schmachten mußte.« -

»Und sie? wie benahm sie sich gegen ihn?«erlaubte ich mir den Herrn Inspektor zu unterbrechen, und er erwiderte: »Nach ihrer gewöhnlichen Manier jedem gegenüber, der sich erkühnte, sie merken zu lassen, daß sie ihm gefiel, und nicht ihr Albrecht war. Da warf sie den Kopf zurück, zog die Augenbrauen zusammen, sah einen fest an mit einem Blick, der, ich sage Ihnen, der sprach nicht, der rief: Schau nur, schau, wie ich dich nicht mag!... Das aber genierte Herrn Robi nicht. Robi wurde er nämlich genannt, Robert hieß er. Er war in Fräulein Lene verliebt und bekam sie zur Frau, alles übrige galt ihm als nebensächlich. Um ihre Gefühle kümmerte er sich wenig. Was nicht ist, wird werden, dachte er wohl, und wenn's nicht wird, traurig für sie. Auf Oversberg, den armen Teufel, der bescheidentlich aus dem Wege ging, eifersüchtig zu sein, dazu ließ er sich nicht herab.

Der Hochzeitstag wurde festgesetzt, und der ihn mit der größten Ungeduld herbeiwünschte, war Ihnen vielleicht doch – der Oberstleutnant. Er hatte in seinem noch halb wirren Kopf den einen hellen Gedanken: Im Augenblick, in dem seine Lene mit Herrn Robi an den Altar tritt, ist alles gut. Ihm die verhaßte Schreiberei und Rechnungslegerei erspart, von ihr die Gefahr abgewendet, arm zu sein, darben zu müssen... Arm sein! darben! – davor hatte er Ihnen einen Graus! – Es schüttelte ihn, wenn er die Worte aussprach. Ein Unglück ist ein Unglück. Man übertaucht's oder man übertaucht's nicht – aber Not leiden, das ist ein Unglück von jeder Stunde, ein immerwährendes Unglück, da gibt's kein Übertauchen, da heißt's untertauchen, das reißt einen hinab. ›Ich kenn's‹, sagte er, ›ich hab's ausgekostet meine ganze, elende Jugend hindurch. Nein, nein, nicht Not leiden, nicht darben soll meine Lene!‹

Ich will ein wenig vorgreifen in meiner Erzählung und gleich jetzt sagen, daß ihm sein Wille getan und die Trauung in der Schloßkapelle abgehalten wurde, ganz still und ohne ihn.

Anwesend waren nur vier Trauzeugen und die Eltern Robis. Dessen Mutter hatte sich nämlich auch eingefunden; eine anspruchslose Dame, der man ihren Reichtum nicht ansah, sehr einfach und wortkarg. Sie ließ die Braut nicht aus den Augen, und wenn diese arme Seele nicht so benommen gewesen wäre, wie sie war, hätte sie den mitleidigen und kummervollen Blick bemerken müssen, der unverweilt auf ihr ruhte.

Aber sie bemerkte nichts. Sie wurde rot und blaß und wieder rot und schien einmal ganz Ergebung, und unmittelbar darauf meinte man, die Flammen der Empörung müßten gleich beim Dach herausschlagen. Und als sie ihr Ja zu sagen hatte, sagte sie hastig: ›Ja, ja‹, und es fehlte nur, daß sie noch hinzugesetzt hätte: In Gottes Namen, weil ihr mich zwingt.

Gleich nach der Ankunft der neuen Eigentümer von Siebenschloß hatte Oversberg seinen Koffer gepackt und sprach zu mir, da ich ihn aufsuchte im Amtshaus, in das er sich zurückgezogen, um Platz zu machen: ›Nun will ich fort.‹ Worauf ich natürlich nichts erwidern konnte als: ›Ein großer Verlust für uns.‹

Stellen Sie sich vor, wie verwundert ich Ihnen war, als nicht später denn am nächsten Morgen der Oberstleutnant mich rufen läßt und ganz eigen geheimnisvoll und gerührt anfängt: ›Ich muß Ihnen eine Mitteilung machen.‹ – ›Erfreulich?‹ – ›Kommt drauf an – ich weiß noch nicht – was meinen Sie?‹ Und er weist mir einen Platz an, und ich setze mich an sein Bett. Er stand immer noch spät auf, war mager geworden, sah aber eigentlich gesünder aus als früher, hatte bereits Toilette gemacht, sich frisiert und rasiert, las auch schon wieder in seinen Schmetterlingsbüchern.

›Wissen Sie was?‹ sagte er also, ›unser Albrecht bleibt.‹

›Nein‹, sag ich, ›das kann nicht sein, das wäre zu – gutmütig, sogar für ihn.‹

›Es ist, wohl, wohl, es ist.‹ – Und nun erzählte er mir im Vertrauen: Am vorigen Abend (wir waren im September, die Tage begannen kurz zu werden), es dunkelte bereits, der Oberstleutnant war im Lehnstuhl eingenickt, und seine Tochter saß neben ihm – da kam Oversberg. – Der Alte sah ihn, er war erwacht, als die Tür ging, tat aber nichts dergleichen. Fräulein Lene machte dem Eintretenden ein Zeichen, und er fragte leise: ›Wie geht's?‹ – ›Gut, der Doktor war zufrieden.‹ – ›Heil uns, Fräulein Lene, welch ein Glück. Nun kann ich ruhig scheiden.‹ – ›Scheiden?‹ In ihrem Tone spricht sich, obgleich sie nur flüstert, alles aus: Überraschung, Bestürzung und ein großmächtiger, unüberwindlicher Unglauben. – Eine Pause, dann fragt sie mit dem liebevollsten und zärtlichsten Vorwurf: ›Albrecht, warum quälen Sie mich?‹ – Und er: ›Mein Gott, Fräulein, was soll ich denn?‹ -

Es entsteht ein seltsamer Streit zwischen ihnen. Sie begreift nicht, was ihn wegtreibt, sie begreift es nicht, sie begreift nur, wenn man jemanden liebhat und wird nicht mit Gewalt von ihm fortgerissen, bleibt man bei ihm. Und er begreift – sie weiß nicht, was sie ihm zumutet, weil sie ein Kind ist, leidenschaftlich und unschuldig. Herrn Robi muß sie heiraten, weil ihr Vater es will – daß sie ihren Albrecht darüber verlieren soll, sieht sie nicht ein. Warum – warum denn?... Wie sie jetzt miteinander existiert und ihren Krankendienst besorgt haben, wollen sie weiterexistieren, das ist in ihren Augen das Zusammenleben von Liebenden. – Oversberg ringt die Hände: ›Lene, Lene, wenn Sie nicht wären wie ein Kind – Sie könnten das von mir nicht verlangen!‹ – Und sie mit gewaltsam unterdrücktem Schluchzen – unheimlich, versicherte der Oberstleutnant, war das Geflüster, aus dem ihre schreiende Herzensangst heraustönte. Im Grunde, wie schon die Frauen sind, sagt sie immer dasselbe: ›Wenn Sie mich verlassen, haben Sie mich nicht lieb.‹ Da bricht er endlich aus: ›Nur zu lieb – ich muß fort, weil ich Sie zu lieb habe. Sie verstehen das noch nicht, aber Sie werden das verstehen. Gott, mein Gott – ein anderer wird es Sie lehren!‹ Damit wendet er sich und will davonstürzen.

Lene ist mit dem Rücken gegen das offene Fenster gestanden, ihre Gestalt – die war Ihnen schlank und biegsam wie eine Gerte und dabei kräftig – hat sich scharf abgehoben vom noch etwas beleuchteten Abendhimmel. Zufällig hatte sie die Arme just ausgebreitet und drückte die Handflächen an die Fensterflügel, und wie der Oberstleutnant verstohlen zu ihr hinübersah, ist sie ihm vorgekommen wie eine Gekreuzigte, und da hat er einen schweren Gewissensvorwurf verspürt und gedacht: Ich bin's, der sie jetzt ans Kreuz schlagen muß, weil ich ihr früher nichts versagen konnte.

In dem Moment sprach die Kleine auf einmal: ›Albrecht, Albrecht!‹ und er blieb stehen, ›Wissen Sie, wie mir jetzt ist? Ganz wie in Kindertagen. Wenn ich schlimm war, und ich war oft schlimm, und wenn meine liebe schwache Mutter nicht ein und aus wußte mit mir, griff sie zu ihrem letzten Mittel und sagte: Arme Lene, jetzt ist dein Schutzengel fort – ich hab ihn fliegen gesehen. – Da kam ein Gefühl über mich von trostloser Verlassenheit. Ich habe es lange nicht mehr gehabt – jetzt ist es wiedergekommen.‹

Er ist gerührt, spricht hin und her – ich weiß nicht was – allerlei, nur nicht das Richtige. Daß seine Mannesehre ihm befiehlt, sich zu verabschieden, scheint ihm nicht eingefallen zu sein.«

»Mannesehre, Herr Inspektor?« fiel ihm der Dechant mit großer Wucht in die Rede. »Hier muß ich eine Bemerkung machen. Mit dieser Mannesehre ist das so eine Sache. Im Evangelium habe ich nie etwas von ihr gelesen, und überhaupt nicht in der Vulgata und ebensowenig in der Thora.«

»Tut mir leid um diese Törin, oder wie sie auf lateinisch heißt«, warf der Inspektor ärgerlich hin. »Zur Sache! – Lene erging sich nun in den bittersten Vorwürfen: – ›Sie haben mich ins Unglück gestoßen, und jetzt verlassen Sie mich.‹ – Gut, gut, er möge gehen; sie wird sich schon zu helfen wissen, sie wird sterben.

›O Lene, sterben ist nicht so leicht!‹ gab er ganz durchdrungen zur Antwort und meinte natürlich – sonst wäre ich tot. Doch sie mißverstand ihn und versetzte: ›Lieblos sind Sie, lieblos... Sie wollen nur fort... wie mir das tut, kümmert Sie nicht... Ich bin eine Närrin, daß ich da bitte und bettle... So gehen Sie denn – gehen Sie, wenn Sie das Herz dazu haben. Ich aber, ich sage ihnen, ich werde daran sterben, weil ich will, und ich kann, was ich will.‹

Eine Weile ist es ganz still geblieben, und endlich fragte Oversberg sehr leise und sehr zögernd: ›Wenn ich bliebe, Lene, würden Sie dann nicht mehr sterben wollen?‹

Und sie gab mit dem vollen Ton der Freude zur Antwort: ›O nein, nicht mehr, alles würde ich dann ertragen, alles und leicht... ich würde leben und – gern.‹

– Und gern... armes Ding! Dieses Versprechen hat sie nicht gehalten. Wieder ist eine lange Pause gewesen; endlich sagte er: ›Ach, Lene, Sie sind stark, und ich bin schwach. – Ich bleibe, Lene!‹

Ist Ihnen denn richtig auch geblieben.«

»Herr Inspektor«, rief ich aus – ich weiß nicht, wo ich die Kühnheit dazu hernahm -, »ich wäre auch geblieben.«

Die Herren lachten und witzelten, und zwar keineswegs fein; und der Inspektor beschämte mich recht grausam , indem er wegwerfend zu mir sagte: »Schön von Ihnen. Freilich, eine Dummheit findet immer Gesellschaft, die Klugheit steht allein. Hören Sie weiter. Den Oberstleutnant hatten alle mit dem Abschied von seiner Tochter verbundenen Aufregungen sehr zurückgeworfen. Er seufzte in einem fort nach seiner ›Krankenwärterin‹, wie er den guten, guten Oversberg nannte, und der ließ sich halt wieder als solche bei ihm anstellen. Nebenbei besorgte er seinen Umzug in einen Bauernhof, den er, teuer genug – natürlich, wozu wären Leute von seinem Schlage auf der Welt, wenn nicht um übers Ohr gehauen zu werden? -, erstanden hatte. Das Haus machte ihm wenig Sorge, nur gerade daß es nicht hereinregnete und daß es ihm nicht über dem Kopf zusammenfiel, mehr verlangte er nicht. Er war nie drin, immer draußen. Der Boden muß ihm kurios gebrannt haben unter den Füßen, schon gar in der ersten Zeit nach der Rückkehr der jungen Eheleute. – Was er sich Ihnen da herumgetrieben hat in Wind und Wetter! Von uns aus ins Gebirg – ›s ist eine schöne Distanz. Tag für Tag war er dort – auf der Jagd, hat's geheißen, immer auf der Jagd...‹«

»Nun ja, ein solcher Jäger«, meinte der Oberförster, »wahrscheinlich nichts treffen wollen, aber vielleicht was fangen – Grillen vielleicht.«

Der Kontrollor, der Herrn Oversberg schon deshalb haßte, weil eine Tochter um seinetwillen ihrem Vater den Gehorsam gekündigt, bemerkte bissig: »Die weiten Spaziergänge dürften seinem schönen Teint (er sprach Tent) geschadet haben.«

»Angeraucht hat er sich nach und nach schon«, versetzte der Herr Inspektor. »Seine rosenfarbigen Wangen sind so dunkel geworden, daß man's nicht mehr merkte, wie ihm das Blut hineinschoß, wenn die Rede auf Frau Lene kam. Anfangs hatte man immer gehört, daß Herr von Siegshofen und Gemahlin um Weihnachten wieder dasein sollten. Der Oberstleutnant zählte einem, wenn man ihn besuchte, die Tage und Stunden vor, die ihn noch vom Wiedersehen mit seiner Lene trennten. Auf einmal wurden deren aber so viel, daß er das Zählen bleibenließ. Herr Robi hatte geschrieben, er habe einen Husten, müsse etwas für sich tun und werde auf ärztlichen Rat den ganzen Winter im Süden zubringen. Im Mai kamen seine Eltern nach Siebenschloß, ihn da zu erwarten. Dem Vater machte der Husten bang, von dem er in jedem Brief ausführlich berichtete, die Mutter legte der Sache keine Bedeutung bei und behielt recht, denn als der vielgeliebte Sohn heimkehrte, sah er so gut aus, als er überhaupt aussehen konnte.

Die Lene hingegen – eine solche Veränderung wie an der habe ich – in doch verhältnismäßig kurzer Zeit – an einem zweiten Menschen nie erlebt. Als ein herrliches, stolzes, blühendes Kind war sie gegangen, als eine blasse, stille, scheue Frau kam sie zurück... So scheu und fremd und wie hinausgeschoben aus der Welt... und nirgends weniger zu Hause als in ihrem eigenen Haus, und das ist ihr geblieben bis zu ihrem, zum Glück für sie, frühen Tod.

›Was ist ihr – was ist meiner Lene?‹ fragte der Oberstleutnant, und der Schwiegersohn schmunzelte: Was soll ihr sein? Er hat nichts bemerkt; sie klagt nicht. Daß sie eben nicht besonders hübsch aussieht, hat natürliche Ursachen. Diese waren allerdings vorhanden. Im Spätsommer genas sie eines Knaben. Gott im Himmel, das war Ihnen ein Stammhalter! – Faustgroß. Kein Jahr wird er alt, meinte die weise Frau, und der Doktor machte das bedenklichste Gesicht. Davon durfte man jedoch nichts hören und nichts sehen, sondern mußte tun, als ob man den armseligen kleinen Krietsch für ein kräftiges Kind halten würde. Und als Frau Lene vom Wochenbett aufstand, mußte man finden, sie sei wieder völlig aufgeblüht in Frische und Gesundheit. Förmlich erpreßt wurde einem das durch den Oberstleutnant und die Herren von Siegshofen. Nur die Schwiegermutter, die meistenteils mit niedergeschlagenen Augen umherging, sah nicht, was sie zu sehen wünschte, sondern was war. Worte hat sie allerdings darüber nicht verloren, es ließ sich nur aus ihrem liebevollen Benehmen gegen die Schwiegertochter erkennen. Sie machte sich auch in bezug auf ihren Robi nichts weis, tadelte ihn sogar in Gegenwart anderer Leute. Das nahm er denn immer auf wie ein Unrecht, das ihm geschah, und schrieb's einem Mangel an mütterlicher Liebe zu. Im Zaum hielt es ihn aber doch ein wenig. Freilich dauerte das nicht lange. Der alten Dame war der Kampf peinlich, und sie machte sich aus dem Staube. Sobald Frau Lene die Führung des Hauses wieder übernehmen konnte, trieb die Mutter Siegshofen zur Heimkehr nach Wien, und nun stand es Herrn Robi frei, zu tun und zu lassen, was ihm einfiel, ohne daß jemand auch nur ›Pah‹ dazu gesagt hätte.

Erst hatte es ihm beliebt, herumzukommandieren und den Herrn zu spielen in Siebenschloß. Wem Gott die Besitzung gibt, gibt er auch den Verstand, sie zu administrieren, wird er wohl gedacht haben. Aber der Verstand, den er gebraucht hätte, wollte ihm nicht wachsen. – Allerhöchste Zeit, der miserablen Wirtschaft, die sogar einen Fremden jammerte, ein Ende zu machen, der *nervus rerum* war vorhanden, aber – wie packt man die Geschichte an? Herr Robi wußte es nicht, und seine Verlegenheit den Beamten einzugestehen genierte er sich. Kein Wunder am Ende, daß er den Weg zu demjenigen fand, vor dem sich niemand geniert hat, zu – Oversberg.«

»Und der hat da gleich angebissen!« rief der Oberförster.

»Das heißt, wie er schon war – nach seiner Manier. Wir haben sein Vorgehen immer das stille Regiment genannt. Befehlen konnte er nicht« – der Inspektor sagte es lächelnd -,»er machte nur Vorschläge.«

Wir waren alle ergötzt, und der Verwalter, der eben wieder einen Kampf mit seiner Weste bestanden hatte, sprach:»Vorschläge? – Gar nicht übel. Ich will mir das auch angewöhnen: Ochsenknechte, wie wär's wenn ihr euer hungriges Vieh füttern und euch dann erst euren Abendrausch antrinken würdet? – Arbeitsleute, meine Lieben, spielend leicht könntet ihr fertigwerden mit dem Binden – ein Landregen droht, und morgen ist Sonntag. Überlegen wir, ob's nicht besser wäre zuzugreifen, statt zu faulenzen – und – und...«

»Herr Verwalter«, unterbrach ihn der Dechant in der Fortsetzung seiner Und -,»wenn zwei dasselbe tun, ist es nicht dasselbe.«

»Brauchen sich seiner nicht annehmen«, versicherte der Inspektor,»es will niemand sein Verdienst schmälern. Er hat manches ausgerichtet, wie schon gesagt – auf seine Art. Wo er mitgeholfen hat, da ist – merkwürdig! – den andern allerlei Gutes eingefallen, bei dessen Ausführung er Ihnen immer gleich mit Hand anlegte. Leid war ihm nicht um sich selbst, zu gering hat er eine Arbeit nie gefunden. Nach und nach developpierte er sich als recht leidlicher Ökonom, hatte übrigens viel Glück, verließ sich drauf, und durfte sich drauf verlassen. – ›Ihnen trägt ja der Windhafer Weizenähren‹, habe ich mehr als einmal zu ihm gesagt... Und dann – brave Leute! ja, die hatte er, und das war eigentlich sein Hauptglück.«

»Wird es nicht vielleicht auch sein Verdienst gewesen sein, daß er sie zu finden wußte?« fragte der Dechant, und der Inspektor erwiderte:»Ja, gewiß. – Herr Robi stützte sich endlich ganz auf ihn. Es kam soweit, daß er nicht mehr dahin zu bringen war, eine Unterschrift zu geben, eine Rechnung zu bezahlen, ohne bei Oversberg angefragt zu haben: ›Soll ich?‹ Dabei – man möcht's nicht glauben – fühlte er sich als dessen Wohltäter. ›Denn‹, sagte er – ›ich geb ihm eine Stellung.‹ Und dann machte er einen wichtigen Buckel, wiegte den Kopf und setzte hinzu, so von oben herunter: ›Ich tue gern etwas für ihn. – Sie wissen ja – der Arme – - er war halb und halb verlobt mit meiner Frau. – Aber – - sie hat mich vorgezogen.‹ – Das war wieder seine Manier; wer ihn ansah, stand in seiner Schuld. Er hatte sich nie bei jemandem zu bedanken... Und ein solches Weichtier! Hielt nichts aus und hielt nichts fest. Alle paar Wochen eine andere Liebhaberei, und immer großartig betrieben, Rudersport, Bienenzucht, Astronomie, die Jagd... Auch aufs Künstlerische hat er sich geworfen. Entdeckt Ihnen, daß ein großes Talent zum Bildhauer in ihm schläft und daß er bisher nur nichts gemerkt hat von dem Gottessegen. Sofort werden einige Zimmer als Atelier eingerichtet, und ein Lehrer kommt aus Wien. Sie, der hat's verstanden! Hat in Siebenschloß ein paar Sachen gemacht – eine Büste von Herrn Robi und eine vom Oberstleutnant und eine vom Stammhalter – schon prächtig! Auch Frau Lene hätt er machen sollen – das ist ihm aber nicht zusammengegangen, denn der junge Mann – ein schöner, großer Bursch war er – verliebt sich zum Wahnsinnigwerden in sie. Nicht imstande, es zu verbergen. Bei Tisch sitzt er, bringt keinen Bissen hinunter, verschlingt immer nur Frau Lene mit den Augen... Dem Herrn Robi hat's außerordentlich Spaß gemacht, daß seine Frau einem Künstler eine solche Leidenschaft einflößt. Der sanfte Oversberg hingegen ist damals aufgestanden aus seiner Gelassenheit. Zu allen Tageszeiten auf dem Schloß gewesen, sich eingefunden bei den Sitzungen, die Frau Lene im Atelier hatte. – Ja, sich hinreißen lassen, Herrn Robi vor mir zu sagen: ›Wenn du‹ – sie waren ›du‹ geworden, vermutlich wegen der Stellung – ›Ihm nicht die Tür weisest, tu ich's.‹ Und er tat's. Wie haben wir nie erfahren. Auf einmal war der Künstler abgereist mit Hinterlassung eines Abschiedsbriefes an den Hausherrn, eines Briefes, den zwar der Bildhauer geschrieben, in dem ich aber, als sie ihn mir zu lesen gaben, den höflichen Stil meines guten Oversberg erkannte. – Der trat nun wieder schön zurück in seiner Bescheidenheit, ließ sich nur zur offiziellen Besuchsstunde blicken; das war am Nachmittag, den der Oberstleutnant regelmäßig bei seiner Tochter zubrachte. Schleppte auch sein Kreuz, der Alte.

O wie gern hätt er den Schwiegersohn geliebt und den Oversberg nicht gemocht! Es war jedoch – was er sich selbst und den anderen auch vorzuschwindeln suchte – das Umgekehrte der Fall. Und nun die Angst, daß Frau Lene ihm's nachmachen könnte! Eine begründete Angst... Herr Jesus, was mag die ausgestanden haben, die Frau!«

Der Inspektor sagte das ganz wehmütig, ohne die geringste Spur von Schärfe. Überhaupt, wenn er von Frau Lene sprach, geschah es immer mit verhaltenem Schmerz, und der derbe Mann fand Ausdrücke, um ihre Empfindungen zu schildern, die ich nicht imstande bin aus der Erinnerung wiederzugeben, über deren Zartheit ich aber staunte. Er muß sie sehr verehrt haben. Dafür hat er Herrn Robi kräftig gehaßt und beurteilte ihn vielleicht doch gar zu hart.

»Wissen Sie«, sprach er, »im Innersten zuwider war ihr der Herr Gemahl; ihr Gesicht veränderte sich, wenn er ins Zimmer trat, ihre Stimme hatte einen anderen Klang als sonst, wenn sie mit ihm sprach.

Einmal stand sie vor dem Schmetterlingskasten mit ihrem Vater, der ihr und mir eine Vorlesung hielt über den neuesten Fang, den er getan. Da schlich Herr Robi von rückwärts mit großen, leisen Schritten an sie heran und gab ihr plötzlich einen derben Kuß ins Genick.

Sie zuckte, sie wurde Ihnen wie die Wand, ein Gruseln durchlief sie vom Wirbel bis zur Sohle, und jetzt, denk ich – jetzt fällt sie hin und wird ohnmächtig. Doch nahm sie sich zusammen und sagte nur: ›Wie hast du mich erschreckt!‹ –

Es war aber nicht Schrecken, was sie gepackt hatte, es war Grausen – Ekel... Es war, was die Leute, die an Katzenscheu leiden, empfinden müssen, wenn ihnen eine Katz in die Näh kommt. Ich hab's ein paarmal mit angesehen.«

»Was das für Sachen sind! Mit solchen Sachen sollt die Meinige mir kommen«, brummte der Kontrollor, »die würd ich ihr austreiben. Hat denn der gnädige Herr von Siegshofen nichts gemerkt von diesen Sachen?«

»Doch! Momentan ist ihm's aufgegangen. Aber wie solche Leute sind: Wegschieben das Unangenehme – wegschieben! Wenn er sich's zugegeben hätte – was für Ungelegenheit konnte daraus erwachsen. Am Ende gar eine Scheidung. Gott behüt's! Da fand er's viel bequemer und auch schmeichelhafter zu denken: Mir ist sie recht, warum soll ich ihr nicht recht sein? – und den zärtlichen und geliebten Gatten spielen.

Und sie hatte eine Geduld mit ihm – eine himmlische!

Seine albernen Launen, sein fippriges Wesen, das läppische Getue, das er manchmal hatte, brachten sie nie außer sich. Sie muß seine Dummheiten schon gekannt haben und immer drauf gefaßt gewesen sein, und ein so erfinderischer Kopf war er trotz seiner Unstetheit nicht, daß er sie mit einer neuen hätte überraschen können.«

Hier machte der Generalinspektor eine Pause und fuhr erst nach längerer Zeit mit sichtlicher Selbstüberwindung fort:»Ganz anders freilich war sie gegen Oversberg. – Mit allen Menschen immer dieselbe, gegen ihn ungleich, sehr ungleich.

Beim ersten Wiedersehen – als ob sie vor ihm in den Boden sinken möchte aus Scham, bald darauf, als ob sie ihn gleich zur Rechenschaft ziehen werde wegen einer schweren Schuld.

Was einem alles einfällt, wenn man anfängt, sich zu erinnern an die alten Geschichten! Kleinigkeiten – nicht der Rede wert, meint man, und haben einen doch so tief hineinschauen lassen in diese Menschen!

Unter anderem zum Beispiel das. Es war nach einem Diner, zu dem auch Oversberg und ich geladen gewesen sind. Alle übrigen Gäste hatten schon ihren schwarzen Kaffee bekommen, nur er noch nicht. ›Kriegt der nichts?‹ fragte Herr Robi und zeigte mit dem Finger auf ihn. ›Was hat er denn angestellt, daß er nichts kriegt?‹

Sie wird Ihnen furchtbar rot, schenkt schnell ein in die leere Tasse, die noch vor ihr steht, nimmt sie, geht damit auf ihn zu und sagt überflüssig laut: ›Verzeihen Sie, Herr Oversberg, ich habe Sie ganz vergessen.‹

Vergessen! – Ich bin in einer Ecke gestanden und habe meine Beobachtungen gemacht und den Kampf gesehen, den sie geführt hat in der Stille... Vergessen! – die ganze Zeit nichts anderes gedacht als: Wie bring ich das: Herr Oversberg, Ihr Kaffee, in einem natürlichen

Ton und just so heraus, wie ich gesagt habe: Herr Der und Herr jener, Ihr Kaffee. Wohl zehnmal die Lippen geöffnet und nach der Tasse die Hand ausgestreckt und sich nicht entschließen können und sie wieder zurückgezogen... Jetzt aber plötzlich aufgesprungen, die unglückliche Tasse ergriffen, gezittert, daß man das Löfferl klirren hörte, auf Oversberg zugegangen und ihm eine Lüge und eine Unart hingeworfen. Es ist aber kaum geschehen, so erschrickt sie, erschrickt zum Sterben. Alle sind aufmerksam geworden und stutzig über ihr verstörtes Wesen. Der Oberstleutnant hat am Schnurrbart gekaut und einen Moment nicht viel weniger wild dreingestarrt als an dem gewissen Tage, an dem er uns wie tot hingeschlagen ist... Herr Robi lacht, der Esel, über die Verlegenheit, in die er seine Frau gesetzt hat. Einen Schabernack tut er ihr ja immer gern an, muß doch eine kleine ordinäre Rache nehmen für die Gedanken, die er sich ihretwegen in seinen lichten Stunden macht.

Der einzige, der unbefangen geblieben ist, war Oversberg. Zugleich mit Frau Lene ist er aufgesprungen und ihr entgegengeeilt. ›Aber Robi‹, sagt er, ›ich bitte dich.‹ Und zu ihr: ›Aber ich bitte Sie, gnädige Frau‹, und die Tasse nimmt er ihr so ruhig aus den Händen, wie wenn rein gar nichts wäre; höchstens, daß er es vermieden hat, sie anzusehen.

Dieser scheinbaren oder vielleicht wirklichen Ruhe verdankte er die Herrschaft, die er über die anderen gewann. Ich habe nie einen schwachen Menschen gesehen, an den so viele sich angelehnt hätten. Der Oberstleutnant und Herr Robi eingestandenermaßen, Frau Lene unwissentlich und widerstrebend, und das Kind, sobald es jappen konnte, jappte es: ›Herr Oversberg!‹ – Lief hinter ihm her wie ein Hündlein. Beim Erwachen: ›Ich will zu Herrn Oversberg!‹ Zu Mittag, wenn man's zum Essen zwang, denn von selbst wollt es nicht – unter Tränen: ›Aber dann zu Herrn Oversberg!‹ – Und der Kleine – zwischen dem dritten und vierten Jahre hat er sich etwas herausgemaust, wir meinten schon, wer weiß, vielleicht bringen sie ihn doch auf -, der Kleine wurde nach und nach sein Leben. – ›Wie Sie ihn verwöhnen!‹ sprach Frau Lene von Zeit zu Zeit und war eifersüchtig auf ihr eigenes Kind, schmerzlich eifersüchtig, und Eifersucht ist eine große Qual... ›Wie Sie ihn verwöhnen!‹ – Dazu hatte sie sich seine Art zu lächeln angewöhnt. So ein armes Lächeln war Ihnen das und bedeutete: Nur zu! Was ich mir wünsche, darf ich ja doch nicht haben.

›Ich bewundere Ihre Tugend‹, sagte ich einmal zu Oversberg – weiß nicht mehr, bei welcher Gelegenheit.

Er machte ein ordentlich strenges Gesicht: ›Tugend, Herr Verwalter? Wenn ich nur ein wenig anders handeln würde, als ich's tue, wäre ich ein Schuft. Merken Sie wohl: Nicht, wenn ich das Gegenteil von dem täte, was ich tue, nein, schon dann, wenn ich nur ein wenig anders handeln würde. Das ist ein großer Unterschied. Merken Sie wohl!‹ wiederholte er, ›und kein Schuft sein ist noch lange nicht Tugend, wie Sie sagen. Ich mag das Wort nicht.‹

›Nicht?‹ Ich gönnte mir's, ihn steigen zu lassen, und stellte mich ganz erstaunt: ›Sie sind also einer, der seinen eigenen Namen nicht hören will.‹«

Der Inspektor hielt wieder inne, noch länger als früher, bevor er von neuem begann: »Ein paar Jahre, mich hat's gewundert genug, ist nichts geredet worden über Frau Lene und Oversberg. Indessen, Sie können sich denken, der Tratsch am Land! – Die Leut haben halt doch zu munkeln angefangen.

Im Schloß war eine Kammerjungfer, nicht übel, nur daß sie immer schief lachte, mit dem halben, nie mit dem ganzen Munde. Arbeitsam, famos in ihrem Fach, anständig, ehrlich, aber – eine Viper. Die beehrte mich mit ihrem Vertrauen. Frau Verwalterin werden hätte ihr gepaßt. Immer wußte sie etwas Neues, und so giftig kam Ihnen bei ihr alles heraus!

Nun, einmal, ich denk's wie heut, begegn' ich ihr, es war an einem recht kühlen Vormittag im März, in der Nähe des fürstlichen Tiergartens. Sie hat einen Besuch bei der Försterin abgestattet. Wir bleiben beide stehen, und sie macht gleich ihre Schlangenaugen und erzählt von dem Schrecken und der Gemütsbewegung, die sie vor ein paar Stunden gehabt hat. Sie war im Schlafzimmer der gnädigen Frau beschäftigt (mit Horchen natürlich); nebenan im Salon saß der Oberstleutnant bei seiner Tochter und sprach laut und zornig. Seine ›Wohl, wohl‹ nahmen schrecklich überhand. Hatten einen Vortrab bekommen, eine Menge, ›Wo‹. Wenn er sich ärgerte, wurde ein förmliches Bellen daraus: ›Wo, wo, wo, wohl!‹ Die Zofe behauptete, just die Ohren hätte sie sich verstopfen müssen, um nicht jedes Wort zu verstehen, als er Frau Lene unter gehöriger Wo-wohl-Begleitung andonnerte: ›Ein Unrecht... das allerkleinste... und, du weißt... meine Pistolen liegen noch immer da.‹

Sie lachte krampfhaft und sagte – gewiß nicht laut, aber die Viper hat eben gehorcht: ›Ich weiß, und weiß auch, daß du mich langweilst mit deinen Pistolen. Meinetwegen können sie ruhig liegenbleiben. Eh du dich meiner schämen brauchst, Vater, stehst du an meinem Grab und weinst um mich.‹

Darauf wollte die Kammerkatz mehrere ›Wo-wohl‹ gehört haben und dann ein Stöhnen und Wimmern wie von etwas Angeschossenem und das Stürzen eines schweren Körpers. Sie sogleich, und gestand es auch ganz ungeniert – das Auge am Schlüsselloch.

Was sieht sie? – Der Oberstleutnant liegt auf den Knien vor seiner Tochter, die beim Fenster sitzt, mit dem Rücken gegen die Türe. Der Alte ringt die Hände, Bäche von Tränen laufen ihm über das Gesicht... Wie sie ihm auch zuredet und ihn bittet aufzustehen, er tut's nicht, er will nicht, er kommt nur immer tiefer hinein in seine Angst und Verzweiflung, schluchzt und beschwört: ›Glücklich sein! Leben, mir zulieb glücklich sein... Nicht sterben, meine Lene, nicht sterben!...‹«

Der Inspektor unterbrach sich plötzlich, und es war, wie wenn die Spannung, die aus den vielen auf ihn gerichteten Augen sprach, ihm ein gewisses Unbehagen verursache; er richtete die seinen auf ein Bild unserer großen Kaiserin Maria Theresia, das ihm gegenüberhing, und sagte gepreßt und nachdenklich: »Sechzehn Wochen später, auf den Tag, starb Frau Lene. Dreiundzwanzig Jahre alt, im sechsten ihrer Ehe.«

»Sie hat sich gewiß zu Tode gekränkt«, sagte ich, und der Oberförster sprudelte heftig heraus: »Ja, just! Das ist auch etwas Neues, daß sich die Leute zu Tode kränken. Zu meiner Zeit haben wir gelitten wie die Hunde und sind dabei gesund geblieben wie die Fische.«

»Und was soll ihr denn gefehlt haben?« erkundigte sich der Kontrollor, so böse und so bissig, als ob er ihr nicht einmal das Recht auf eine Krankheit, an der sie sterben durfte, zugestanden hätte.

Der Inspektor zuckte die Achseln: »Röserln auf den Wangen gehabt, gefiebert. – Der Doktor, so einer wie die Landärzte gewesen sind vor vierzig Jahren. Wenig Kunst, viel Erfahrung, voll Devotion vor allem, was in Schlössern wohnt; der Doktor also sprach sich nicht aus. Er war auf das Schweig- und Vertuschungssystem des Herrn Robi eingeschustert. Erst einen Monat vor ihrem Tode hat man angefangen, sie als eine Kranke zu behandeln... Und sie, sich's nicht gefallen lassen wollen, selbst da noch nicht; sich geschleppt, auf die Gesunde gespielt, viel heiterer gewesen als je zuvor, und viel zärtlicher mit ihrem Kinde.«

»Und vielleicht auch mit...« begann der Kontrollor und wollte dazu eine Prise nehmen. Aber seine flammend rote Nase hatte sich umsonst auf den bevorstehenden Genuß gefreut, und seine Rede blieb unvollendet.

Ein: »Herr Kontrollor!« in dem wenigstens einige Dutzend R bedrohlich knatterten wie Kleingewehrfeuer, schnitt ihm dieselbe ab.

Der Herr Dechant hatte gesprochen.

Fast unmerklich dankte ihm der Inspektor mit einem raschen Blick und sprach: »Oversberg war in dem Jahre wenig in Siebenschloß; blieb fern, hielt's nicht mehr aus in der Nähe Frau Lenes. Die Arme mit ihrem Schutzengel! Der Schutzengel war immer auf der Flucht vor ihr.«

»Der die Versuchung flieht, der ist der Held«, flocht der geistliche Herr ein.

»Ich war dabei, wie er, zum letzten Male in ihrer Gegenwart, anzeigte, daß er verreise, und sich empfahl. Sie senkte bei dieser Nachricht rasch die Augen; um ihre Lippen spielte es seltsam trotzig und herbe; aber sie schwieg. Er machte ein tiefes Kompliment, und – draußen war er. Nie hab ich gesehen, daß er ihr oder sie ihm die Hand gegeben hätte. Aber in einem geheimen Einverständnis ist er doch gewesen – mit dem Doktor; der schrieb ihm regelmäßig. Darauf bin ich gekommen. Nun tritt Ihnen das Ende geschwinder ein, als der Arzt erwartet hat. Da zitiert er mich. – ›Sie stirbt‹, sagt er. ›Ich bitte Sie, bleiben Sie da für alle Fälle; beim alten Herrn. Mir ist bang um ihn. Eigentlich sollt man ihn und Herrn von Siegshofen vorbereiten!‹ – ›Das wäre die Sache Oversberg‹, meint ich und, unglaublich, aber wahr, sehnte mich nach ihm in diesem Augenblicke. ›Daß der auch jetzt noch fort sein muß!‹ – ›Ich hoffe, er kommt‹, seufzte der Doktor, ›ich habe ihm telegraphiert und ihm einen Wagen auf die Bahn geschickt. Wenn alles klappt, könnte er dasein in anderthalb Stunden... Geb's Gott, daß die Katastrophe nicht früher eintritt. Was fangen wir sonst mit dem alten Herrn an?‹

Ich entschließe mich und frage: ›Soll ich zu ihm?‹ – ›Nein, noch nicht. Er hat die ganze Nacht bei der gnädigen Frau gewacht und ist jetzt drüben beim gnädigen Herrn und ruht ein wenig aus. Beide schlafen.‹

So bin ich denn vor dem Schloß geblieben, habe mich auf die Bank neben dem Tor gesetzt und gewartet.

Der Doktor geht ein-, zweimal hinauf, kommt wieder, zündet sich eine Zigarre an, steckt sie verkehrt in den Mund, macht sich nichts draus. Was ihn plagt, ist seine Sorge um den Oberstleutnant und auch die, daß noch keine Anstalten wegen des Geistlichen getroffen worden sind. ›Was anfangen, Herr Verwalter, wenn Herr Oversberg nicht kommt?... Aber er kommt‹, tröstete er sich, ›und dann ist uns geholfen. – Die gnädige Frau scheint mir jetzt etwas besser, zum größten Glück... Mein Gott, wenn nur Herr Oversberg käme!‹

Nun denn, Schlag acht fährt er in den Hof, springt aus dem Wagen und auf den Doktor zu und keucht mehr, als er spricht: ›Lebt sie noch?‹ – Der Doktor wiederholt: ›Noch‹, und bringt seine Schmerzen vor wegen des Oberstleutnants und des Geistlichen. Oversberg hört ihn an, oder hört ihn nicht an – ich weiß nicht. Er hat keinen Tropfen Blut im Gesicht, beißt die Zähne zusammen und geht ins Haus, über die Stiege, den Gang geradeaus, auf die Zimmer der Frau Lene zu.

Wir folgen ihm, der Doktor und ich, bis in den Salon. Er, das bemerken, sich umwenden und uns zurufen mit einer Stimme voll Zorn und Schmerz: ›Ich – ich allein!...‹

Der Doktor wagt nicht mehr sich zu rühren; ich denke mir: Was hast du zu kommandieren? und suche mir einen Platz, von dem aus ich Frau Lene sehen kann, ohne daß sie mich bemerkt. Beide Flügel der Tür zum Schlafzimmer waren offen, das Bett ist gerade gegenüber, frei, mit dem Kopfende an der Wand gestanden. Die Viper und ein Stubenmädchen haben, auf Befehl der Krankenwärterin, eben im Salon die Fenster aufgemacht. Die gute, frische Morgenluft ist hereingekommen und durch die Zimmer gestrichen und über das Bett der Kranken und über ihr Gesicht und durch die kleinen, zerzausten braunen Locken. Ihre Augen sind geschlossen, die Wangen fahl, sie sieht aus, als ob sie einen schweren, finstern Traum hätte, rührt sich nicht, nur die Finger zucken und klopfen auf die Decke. Die Krankenwärterin, die vor ein paar Tagen aus Wien gekommen ist, steht neben ihr und wischt ihr mit einem Batisttüchel den Schweiß vom Gesicht.

Gute Nacht, Frau Lene, denke ich und bin doch froh, daß ich sie noch einmal gesehen habe, ohne daß ihr Plagegeist dabei war, der Herr Robi... Nun aber tritt Ihnen Oversberg – mit Schritten, wie wenn er der Herr wäre, ans Bett... Nimmt der Wärterin das Tücherl aus der Hand, schiebt Ihnen die Person weg, sie dürft ein Sessel sein, der ihm im Weg ist, beugt sich über die Kranke und sagt ganz laut: ›Lene, liebe Lene!‹ – Und sie macht die Augen langsam auf, und ihr Gesicht verwandelt sich. Alle Traurigkeit in Freude – aller Schatten in Licht. Die Jugend ihrer sechzehn Jahre erwacht in ihrem Blick, und ihr altes Lächeln ist auch wieder da, ihr Lächeln aus der früheren Zeit – das rosige, sonnige, das heißt: Was ich mir nur wünsche, alles, alles habe ich!...

›Albrecht‹, sagte sie einige Male leise und deutlich und sah ihn flehend an. So schüchtern kam's heraus, als ob sie kaum hoffen würde auf die Erfüllung ihrer Bitte: ›Albrecht... einmal... geben Sie mir einmal die Hand –‹ und wie er ihr die Hand gibt: ›Die andere auch.‹ Sie hält seine beiden Hände in ihren Händen und sagt: ›Sie haben mich doch ein wenig liebgehabt.‹ – ›O Lene, Lene, immer gleich übermenschlich lieb!‹ war seine Antwort. ›Dank!‹ – nur gehaucht, aber die Seligen im Himmel danken so, glaub ich. Sie streckt die Arme aus, drückt seine Hände fest – fest... macht einen tiefen Atemzug und ist tot.

Er blieb sehr lange vor ihr stehen, ohne den Blick von ihr zu verwenden, löste endlich seine Hände aus den ihren, preßte das Tücherl an seine Augen und an seinen Mund, steckte es zu sich, und – merkwürdig, da er sich von ihr ab- und uns zuwendet – nichts hätten Sie ihm angesehen – nichts, sage ich Ihnen.

Sie liegt da, ausgesöhnt mit dem Leben, mit allem, und man hätte sie für ein Kind halten können, das vor Müdigkeit eingeschlafen ist; aus ihm spricht ein Frieden – völlig erhaben. Ja, ja: sanft und leicht ist sie gestorben, und er hat einen schönen Augenblick gehabt in seinem Leben, und das war der.

Anders der Oberstleutnant und Herr Robi. Der Alte nach dem Tode seiner Tochter total niedergebrochen, und was das Geistige betrifft – fertig gewesen. Der Herr Robi ein Vierteljahr hindurch – untröstlicher Witwer: ›Mein Weib! mein geliebtes, liebendes Weib!‹ Er hat, beteuert er, ihr frühes Ende vorausgesehen und ihr deshalb die goldenen Tage bereitet, die sie an seiner Seite gehabt. Er wollte ein Gedicht machen für ihr Grab, brachte es aber nicht über die erste Zeile. Die lautete einmal: ›Kein Zwiespalt trübte unsern Himmel‹, und ein anderes Mal: ›Zu sonnig unser Weg.‹ – Sogar der geduldige Oversberg zeigte offen, daß ihm die Faxen zum Hals herauswuchsen; nur der Oberstleutnant konnte nicht aufhören, sich wiederholen zu lassen, wie glücklich seine Tochter gewesen. Den Trost suchte, wollte er, an den klammerte er sich aus Selbsterhaltungstrieb, der immer mächtig in ihm war.

Sie hatten Frau Lene – einstweilen – auf dem Dorfkirchhof beigesetzt, den Platz aber schon ausgesucht, auf dem sich ihr Mausolum erheben sollte.«

»Mausoleum«, berichtigte der Dechant, indem er das le nachdrücklich betonte.

»Natürlich! – Man darf sich doch versprechen«, versetzte der Inspektor. »Ein Mausoleum wollt er ihr bauen, und in der Art wie das vom großen Napoleon hätte es werden und auch schon gleich fertig dastehen sollen. Nun – die alte Geschichte. Die Arbeit mit dem bekannten Robischen Stallfeuer angefangen und betrieben worden, bis der Winter sie unterbrochen hat. Dann ist der Bauherr davongerutscht, zur Erholung nach Wien, und Oversberg hat in seinem Namen weiterregiert.

Um die Weihnachtszeit gab es eine Überraschung in Siebenschloß – Frau Lene kam zurück. Leibhaftig, herzig, wie sie unter uns gewandelt, aber – aus Stein, in der Gestalt ihrer für das Mausoleum bestimmten Statue.

Der junge Bildhauer hatte sie gemacht, und es war noch seine ganze Liebe drin. Mir hat's beim ersten Anblick den Atem verschlagen... Etwas so Schönes! Der Kopf sehr sanft vorgeneigt, der linke Arm herabhängend am zarten, schlanken Leib, die rechte Hand ein wenig erhoben, das Kleid einfach, in vielen Falten. Und der Ausdruck in dem Ganzen! Unschuldig und doch bewußt, ein Mädchen und doch eine Frau. Ja, eine solche Kunst lasse ich mir gefallen.

Der Oberstleutnant brach vor dem Ebenbilde seiner Tochter in Tränen aus, konnte sich die längste Zeit nicht fassen. ›Sie spricht ja!‹ rief er endlich, ›Sie spricht!... Sag, wo bist du jetzt, meine Lene? Sag es uns!‹

Die Statue wurde auch ›einstweilen‹ zu Häupten von Frau Lenes Grab aufgestellt, steht heute noch auf demselben Fleck, denn zum Ausbau der Gruft ist es nicht gekommen. War unmöglich, solche Kapitalschnitzer haben sie im Anfang mit ihrem Überhetzen gemacht. Was wäre in unserem rauhen Klima aus dem schönen Meisterwerk geworden, wenn Oversberg nicht ein Kapellchen darüber hätte mauern lassen?

In der ersten Zeit, in der sie sich dort befand, fuhr ich eines Nachts im Schlitten von einer Unterhaltung – es war Fasching -, die ich in der Kreisstadt mitgemacht hatte, nach Hause. Die Straße führt über Siebenschloß. Am Ende des Dorfes macht sie eine Schlinge, die sich abschneiden läßt, indem man einen schmalen Weg längs der Friedhofsmauer einschlägt. So tat ich. – Das Land ist flach wie der Tisch; der Schnee lag fest gefroren und schuhhoch. Nun, wie ich an der kleinen Gittertür vorbeikomme – was seh ich? – Sie steht halb offen. Was soll das heißen? Wer hat bei nachtschlafender Zeit auf dem Kirchhof zu tun? Ich halte, steige aus, binde mein Pferd an den nächsten Baum. Wollen uns doch umschauen, denk ich, und geh hinein.

Von weitem schon schimmert mir, mitten unter den niederen Kreuzen ringsum – Frau Lene entgegen. Hinter ihr die dunkeln Zypressen der Oversbergischen Gruft, ihre Gestalt hebt sich von ihnen ab, weißer als der Schnee, eine wahre Lichterscheinung. Ich trete näher... da höre ich ein Schluchzen aus tiefster Brust, hart, trocken, und sehe der Länge nach ausgestreckt einen Menschen am Boden liegen vor der Statue, das Gesicht auf ihren Fuß gepreßt. Es ist Oversberg... Sein ganzer Körper bebt und schüttert in einem leidenschaftlichen, verzweiflungsvollen Schmerz, und er gibt sich ihm willenlos hin, der Mann der Selbstüberwindung.

Die steinerne Frau Lene schaute mild auf ihn herab, und gar seltsam machte sich's, daß ihre Hand sich gerade über seinen Kopf ausstreckte wie zum Segen, wie zum Schutz.

Nun – ich zog mich still zurück; mir war's nicht darum zu tun, ihn zu beschämen.

Wissen aber wollte ich, in welchem Humor er sich befindet nach einem solchen Stelldichein mit seiner toten Geliebten. So nahm ich mir zu Hause nur Zeit, mich anzuziehen und zu frühstücken, und fuhr sofort wieder nach Siebenschloß. Einkaufen, leider. Sie hatten dort ihr gewöhnliches Glück gehabt und trotz des nassen Jahres ihr Heu trocken hereingebracht. Wir – nicht.

Ich fand ihn in der Kanzlei mit den Plänen zu einer Wasserleitung beschäftigt, die er später ausgeführt hat. Als ich von der Entfernung der Quellen hörte und von den vielen Bauerngründen, durch welche die Röhren laufen sollten, kam mir das Unternehmen sehr keck vor, und ich sagte: ›Sie, das bleibt auf dem Reißbrett.‹

Er suchte mich zu widerlegen, rechnete, zeichnete mir vor und war halt bei der Sache wie ein Mensch, der nichts anderes als das im Kopfe hat. Die Augen glänzten ihm, als ob er sie die ganze Nacht nicht aufgemacht und höchstens von der Wasserleitung geträumt hätte. Es verdroß mich, ja – ich kann's nicht leugnen, und ich tat, als wenn er mich zu seiner Meinung bekehrt hätte, und sagte: ›Das dürfen auch nur Sie riskieren – mit Ihrem Glück!‹ Worauf er wegsah und schwieg.

Das Trauerjahr war noch nicht ganz um und Herr Robi, der untröstliche Witwer, wieder verheiratet. Dieses Mal mit einem Fräulein von Adel, so einem papiernen wie der seinige. Schöne stattliche Blondine, lebenslustig, viel Geld gebraucht. Offenes Haus in Wien, offenes Haus auf dem Lande, Herr Robi anfangs ganz aufgemischt, dann oft froh, wenn er beim Oberstleutnant sitzen und sich ein bisserl langweilen konnte, zur Erholung von allen den Festivitäten.

Seine Frau machte Witze über die Greisenkolonie in Siebenschloß, denn auch die alten Siegshofen hatten sich – nachdem er sein Geschäft aufgegeben – dahin zurückgezogen. Um den Stiefsohn kümmerte sie sich nicht stark; sie hatte eigene Kinder bekommen, die etwas gesünder ausgefallen sind, als der war. Ihn erhielt ja nur die außergewöhnliche Sorgsamkeit, die seine Großeltern und Oversberg auf ihn verwendeten, man muß wirklich sagen, künstlich, bis zum siebenten Jahre. Die junge Frau wurde traurig, wenn sie ihn ansah: ›Armes Tierchen, es wird nicht leben‹, sagte sie voll Mitleid, denn sie war gutmütig. Wäre sie böse gewesen, sie hätte die Alten, die doch keine Gesellschaft für sie waren, von Siebenschloß weggedrückt, so aber – drückte sie sich selbst, brachte den Winter in der Stadt, den Sommer in See- und anderen Bädern zu. In Siebenschloß erschien sie nicht mehr und Herr Robi nur selten, um seine Alten und seinen Erstgeborenen zu sehen, den ihnen wegzunehmen er nicht das Herz hatte. Das Treibhauspflänzchen war ihr Glück und das Oversbergs.

Es überlebte nur die Großeltern Siegshofen. Bald nach ihnen ging auch ihr Enkel.

Nun – was Oversberg für Frau Lene nicht hatte tun dürfen, hat er für ihr Kind getan, es gehegt und gepflegt unermüdlich, ist nicht von ihm gewichen Tag und Nacht. In der Krankheit war's seiner Mutter immer ähnlicher geworden, lag im Sarge wie sie, so schlank und weiß, und hatte auch die langen, dunkeln Wimpern, die einen durchsichtigen Schatten warfen auf seine abgemagerten Wangen, und um den Mund ihr letztes, seliges Lächeln... An diesem kleinen Sarge ist die Erinnerung an sie wieder recht lebhaft erwacht, aber auch die Giftstaude der Verleumdung, von der man meinte, sie ist glücklich eingegangen, wieder in die Höhe geschossen. – Ja, die Viper saß nicht umsonst im Amtshaus und hatte den Revisor genommen, weil der Verwalter nicht zu haben war.

In der Gestalt des Bedauerns und des Lobes suchte die Lästerung den armen Oversberg auf. – ›Das ist ein Verlust für Sie! Sie sind ja so gut! Nein, diese Güte, diese Liebe zu dem armen Kind... Sein eigener Vater hätte nicht anders mit ihm sein können!‹

Und er alles für bare Münze genommen, nichts gemerkt. Ich mußt ihn, dem Andenken Frau Lenes zu Ehren, aufmerksam machen, er soll sich gewiß recht zusammennehmen beim Begräbnis, und warum er's soll, und daß die Leute nur warten, daß er dem Kinde ins Grab nachspringt, und sich darauf freuen.

Da ist er wachsbleich geworden. – ›Was sagen Sie?‹ wiederholte er ein paar Male und preßte seine Hände zusammen. Mit welcher Kraft, werden Sie sich vorstellen, wenn ich Ihnen sage, wie er sie auseinander nimmt, sind sie voll Blut.

Zum Begräbnis, um keinen Preis früher, ist Herr Robi erschienen. Dabeisein, wenn sein Kind leidet – unmöglich; das konnt er nicht, so grausam ist er nicht. Jetzt aber zeigt er sich! Alles aus Wien kommen lassen, den ganzen Pomp: sechs Schimmel, blauen, silberbeschlagenen Wagen, silberbeschlagenen Sarg – silbergesticktes Bahrtuch, Fackelträger und so weiter. Die Geistlichkeit aus der ganzen Gegend zusammengetrommelt; der Zudrang ungeheuer – natürlich. Von weit und breit sind die Menschen herbeigelaufen, um das Leichenfest mitzumachen. Wie einen Prinzen, erzählt man sich, wird Herr von Siegshofen seinen Erstgeborenen begraben lassen, ›und Herr Oversberg wird ihm ins Grab nachspringen‹, setzten die Eingeweihten hinzu.

Ist ihm aber nicht nachgesprungen. Dagestanden und sich geniert, weil Herr Robi gar so theatralisch war, besonders in dem Moment, in dem er die ersten Schollen Erde auf den Sarg werfen und dann die Schaufel dem Oberstleutnant reichen mußte.

Der hatte durchaus mitgehen und seine alte Uniform anlegen wollen und nahm sich in ihr aus – zum Weinen; sie ist an ihm gehängt wie an einem Rechen. Ihretwegen wahrscheinlich auch das militärische Auftreten, zu dem er sich, seinem runden Rücken und seinen wackligen Beinen zum Trotz, gezwungen hat, und die Anstrengung, die er machte, um die Tränen hinunterzuschlucken, die ihn beinah erstickten.

Zuviel für den gebrochenen Mann... Wie er die Hände nach der Schaufel ausstreckte, zitterte er so stark, daß er danebengriff; sie fiel, er stolperte und wäre bei einem Haar gestürzt, knapp neben der Grube. Wir haben ihn glücklich aufgefangen, ich und Oversberg, und der hat ihn beim Arm genommen und nach Haus geführt.

An den Neugierigen vorbei sind sie gegangen, die Oversberg unverschämt anglotzten. Nun ja – er hat ihre Erwartungen getäuscht... Auch er schaut – zieht die Augenbrauen zusammen, und sein Blick sagt deutlich, niemand konnte es mißverstehen: Gesindel!

Ja, wenn er sich nur öfters hätte ärgern können, es ist ihm gut gestanden.

Seit der gewissen Andeutung, die ich ihm gemacht habe, hat er nie wieder von dem Kinde gesprochen. Was er im stillen durchgemacht haben wird – meiner Treu, lieber er als ich. Äußerlich hat sich an ihm wenig verändert, nur daß er womöglich noch fleißiger geworden ist als früher – angezogen, angezogen – die pure Schraube!... Viel später einmal kam, ganz zufällig, die Rede auf den kleinen Robi, und daß es doch schade ist um das einzige Kind Frau Lenes.

›Ein Unglück‹, sage ich, und er seufzt tief auf: ›Nein – ein Glück. Den Willen sollte man ihm tun, und ihn dabei doch erziehen... Er so kränklich, und wir so schwach... Wir hätten ihn verwöhnt, was wäre aus ihm geworden? O wohl ihm! wohl ihm!‹

Darauf konnte ich nur entgegnen: ›Dann ist's ja recht. Aber Ruhe würde ich mir an Ihrer Stelle gönnen. Für wen plagen Sie sich, wenn das Kind nicht mehr da ist, dem Siebenschloß doch einmal zugefallen wäre? Was haben Sie jetzt von Ihrer Arbeit?‹

Er sah mich an, wie wenn ich die größte Dummheit ins Leben gesetzt hätte, und gab mir zur Antwort: ›Nun doch – die Arbeit.‹«

Diese Auffassung erregte das Mißfallen der Herren Beamten. Der Verwalter fand kein Ende mit:»Erlauben Sie mir, und, und, und...« Der Oberförster rief:»Dilettantenfleiß, Unsinn das!« Der Kontrollor polterte, so ein verzwickter Junggeselle, dem nie ein Dunst davon aufgestiegen ist, was es heißt, eine Familie ernähren, habe leicht plappern. Am gelassensten blieb der Förster, der sprach einfach: »Von der Arbeit nichts haben wollen als Arbeit – das ist mir zu hoch.«

»Ist es Ihnen?« versetzte der Inspektor mit spöttischem Triumphe – offenbar hatte er sein Publikum jetzt da, wo er es haben wollte. – »Nun, mir auch. Für tüchtige Arbeit tüchtigen Lohn ist mein Grundsatz. Und zum Beweis, daß ich ihn auch ausübe – eine Mitteilung, meine Herren.«

Er war plötzlich in seinen trockensten Geschäftston übergegangen, erhob sich (wir, selbstverständlich, sprangen auf), schlug an sein Glas und sprach unter lautloser Stille:»Unser gnädigster Herr Fürst hat auf meinen Antrag die Besoldung sämtlicher hier anwesender Forst- und Wirtschaftsbeamten um fünfundzwanzig Prozent erhöht.«

Das war eine Überraschung, eine Rührung, eine Dankbarkeit, ein gegenseitiges Glückwünschen! Ich mußte warten, bis die hochgehende Flut der allgemeinen Freude sich gelegt hatte, um, mit dem Rechte des einzigen, der bei einer großen Bescherung nichts bekommen hat – aber auch nichts braucht, Gott sei Dank! –, den Herrn Inspektor um das Ende der Geschichte Oversbergs zu bitten.

»Sie hat kein End«, erwiderte er, »Sie ist aus, das ist ihr End.«

»Ach«, rief der Förster, ganz übermütig gemacht durch das unerwartete Glück, das ihm zuteil geworden (er ist unser ländlicher Don Juan). »Verehrter Herr Inspektor, entschuldigen, daß ich mich ausdrücke, aber mir scheint, Herr Oversberg war ein Narr und hat keine Courage gehabt. Wenn er zugegriffen hätte, da sich das hübsche Fräulein so tapfer für ihn deklariert hat, alles wäre gut geworden. Der alte Herr hätte sich erholt, wie er sich ja erholt hat, und verziehen und seine Enkel gehutscht, anstatt...«

Der Inspektor unterbrach ihn: »Natürlich! – Hab ihm's auch vorgehalten... Aber der!... mich spazieren geschickt, nichts anderes; gesagt: ›Sie haben ihn ja damals gesehen – nämlich den Alten. Nach menschlicher Voraussicht wäre er einer neuen Gemütsbewegung gewiß unterlegen, und – wir können nur nach menschlicher Voraussicht handeln... und auch nur nach unserem eigenen Charakter... Sie und viele – Stärkere als ich würden anders gehandelt haben... ich, ich bin ein schwacher Mensch. Und noch etwas: Die Liebe in einem Winkel des Herzens, die Hochachtung in einem anderen – es kommt oft vor. Bei mir wohnen sie beisammen. Die Lene, die von ihrem sterbenden Vater weg zu mir gelaufen wäre – das wäre nicht mehr meine Lene gewesen...‹«

»Bravo!« rief der Kontrollor, »da hört man einmal etwas Vernünftiges von ihm.«

»Und was ist denn«, fragte der Verwalter und gab seiner Weste eine so nachdrückliche Mahnung, daß sie genug hatte und für diesen Abend ihre ehrgeizigen Bestrebungen aufgab, »was ist denn mit dem Herrn Oberstleutnant geschehen, und, und?...«

»Der Oberstleutnant weinte und klagte seinen Schmerz um den Sohn seiner Lene aus«, erwiderte der Inspektor, »und duselte dann noch viele Jahre gemütlich weiter und wurde uralt, und mein guter

Oversberg auch nicht jünger. Tag für Tag, bei jedem Wetter, wanderten beide zum Kirchhof. Der Alte setzte sich auf ein Bänklein am Grab seiner Tochter, blieb in Sommerszeit stundenlang dort sitzen und war Ihnen stillvergnügt. Die Schmetterlinge hatten jetzt Ruhe vor ihm. Ungeniert konnten sie ihn umflattern, sich auf seine Hand niederlassen, er betrachtete sie mit Kennerblicken und – ließ sie fliegen. Ein besonders schöner Admiral hatte einmal Platz genommen auf dem Netze, das er gewohnheitsmäßig immer mittrug und neben sich auf das Bänklein legte.

›Fangen‹, sagte ich – denn, müssen Sie wissen, ich besuchte ihn hie und da auf seinem stillen Plätzchen -, ›fangen Sie ihn doch!‹

Er lachte, wiegte den Kopf hin und her und erwiderte mit ordentlich schalkhafter Miene: ›Du sollst nicht töten!‹

Da konnte ich mir's nicht versagen, die Frage an ihn zu stellen, ob diese Auslegung des göttlichen Gebotes von ihm selbst oder von Oversberg herstamme, brachte aber eine klare Antwort aus ihm nicht heraus. So bleibt es denn ewig unentschieden, dürfen wir oder dürfen wir nicht unter den vielen Verdiensten, die der heilige Albrecht sich erworben hat, auch aufzählen: Er rettete mehreren Schmetterlingen das Leben... verdarb damit freilich dem alten Oberstleutnant seine letzte Freude, wodurch das Verdienst wieder vermindert wird – um wieviel? – Das sind Spintisierungen, in die ich mich nicht einlasse, das geht Sie an, Herr Dechant.«

Dieser nahm den Scherz nicht übel, sondern erwiderte mit Schmunzeln:»Spintisierungen, ja, über einen Konflikt der Pflichten, die einem buddhistischen Weisen besser anstünden als einem christlichen Priester.«

»Aha!« rief der Inspektor,»der gute Oversberg gibt sogar Ihnen ein Rätsel auf. Lassen Sie mir, ich bitte recht sehr, gelten, daß er für mich eines bleiben durfte bis an sein seliges Ende... Denn selig soll es gewesen und er mit einem Sprichwort auf den Lippen gestorben sein. Das lautete: ›O welch ein Glück!‹ – Im Leben alle Augenblicke: ›Welch ein Glück!‹ und im Sterben, als er den Arzt, der ihn für bewußtlos hielt, sagen hörte: ›Es geht zu Ende‹ – auch wieder: ›Welch ein Glück!‹ So hatte er sich's angewöhnt. Wie oft haben wir ihn deswegen ausgelacht! Seine berühmte Chance als Ökonom hat ihn ja auch manchmal sitzenlassen, die Dummheit und Bosheit der

Menschen ihm auch zu schaffen gegeben. – Einmal ist die ganze Gemeinde gegen ihn aufgestanden, bis auf – zwei Häusler: ›Zwei Ehrenleute‹, sagt er: ›Welch ein Glück!‹... Wirklich, ich fahr ihn an: ›Wenn Ihnen der Sturm Ihr Haus zerstört und nur zwei Ziegel aufeinander sitzenbleiben, Sie werden noch sagen: Welch ein Glück!... Nein, Ihre sanftmütige Heiterkeit, wo Sie die hernehmen!‹

›Woher?‹ – das gab ihm zu denken, und erst nach einiger Zeit antwortete er: ›Sie hat vielleicht einen recht engherzigen Grund; sie kommt vielleicht aus dem Bewußtsein – ich habe alle meine Lieben geborgen, es kann nur noch mir etwas geschehen.‹

Er war ein alter Mann, seine Haare waren weiß geworden, den Kopf trug er ein wenig gebückt, sah jeden von unten herauf mit außerordentlichem Wohlwollen an. Manche, besonders die Jüngeren, wie sie schon sind, erwiderten das so gewiß: Machen Sie sich doch nichts aus mir, ich mache mir ja nichts aus ihnen. – Ob mein guter Oversberg so etwas gemerkt hätte? – Nie!... Er ging dahin...«

Zum letzten Male an dem Abend unterbrach der Herr Dechant den Herrn Inspektor. Der alte Herr lehnte sich zurück in seinen Sessel, legte die Hände auf den Rand des Tisches, wie er sie auf die Kanzelbrüstung zu legen pflegt, und sprach:»Er ging dahin, unverwundbar durch seine Harmlosigkeit und Güte, wie die Helden der nordischen Sage es geworden sein sollen durch ein Bad in Drachenblut. Ehre seinem Andenken! Sonderbar, Herr Inspektor, sehr sonderbar, Sie haben mir mehr von ihm erzählt, als Sie selbst von ihm wissen und wissen können. Denn, nehmen Sie es ja nicht übel, wenn ich mir die Bemerkung erlaube: Sie sind ein gescheiter Mann, ein rechter Schätzmeister der Fähigkeiten, der Arbeitskraft anderer in ihrem wichtigen, weit umfassenden Wirkungskreise. Aber einen einfachen und edlen Menschen – verstehen Sie nicht.«

Über tredition

Eigenes Buch veröffentlichen

tredition wurde 2006 in Hamburg gegründet und hat seither mehrere tausend Buchtitel veröffentlicht. Autoren veröffentlichen in wenigen leichten Schritten gedruckte Bücher, e-Books und audio-Books. tredition hat das Ziel, die beste und fairste Veröffentlichungsmöglichkeit für Autoren zu bieten.

tredition wurde mit der Erkenntnis gegründet, dass nur etwa jedes 200. bei Verlagen eingereichte Manuskript veröffentlicht wird. Dabei hat jedes Buch seinen Markt, also seine Leser. tredition sorgt dafür, dass für jedes Buch die Leserschaft auch erreicht wird.

Im einzigartigen Literatur-Netzwerk von tredition bieten zahlreiche Literatur-Partner (das sind Lektoren, Übersetzer, Hörbuchsprecher und Illustratoren) ihre Dienstleistung an, um Manuskripte zu verbessern oder die Vielfalt zu erhöhen. Autoren vereinbaren direkt mit den Literatur-Partnern die Konditionen ihrer Zusammenarbeit und partizipieren gemeinsam am Erfolg des Buches.

Das gesamte Verlagsprogramm von tredition ist bei allen stationären Buchhandlungen und Online-Buchhändlern wie z. B. Amazon erhältlich. e-Books stehen bei den führenden Online-Portalen (z. B. iBookstore von Apple oder Kindle von Amazon) zum Verkauf.

Einfach leicht ein Buch veröffentlichen: **www.tredition.de**

Eigene Buchreihe oder eigenen Verlag gründen

Seit 2009 bietet tredition sein Verlagskonzept auch als sogenanntes "White-Label" an. Das bedeutet, dass andere Unternehmen, Institutionen und Personen risikofrei und unkompliziert selbst zum Herausgeber von Büchern und Buchreihen unter eigener Marke werden können. tredition übernimmt dabei das komplette Herstellungs- und Distributionsrisiko.

Zahlreiche Zeitschriften-, Zeitungs- und Buchverlage, Universitäten, Forschungseinrichtungen u.v.m. nutzen diese Dienstleistung von tredition, um unter eigener Marke ohne Risiko Bücher zu verlegen.

Alle Informationen im Internet: **www.tredition.de/fuer-verlage**

tredition wurde mit mehreren Innovationspreisen ausgezeichnet, u. a. mit dem Webfuture Award und dem Innovationspreis der Buch Digitale.

tredition ist Mitglied im Börsenverein des Deutschen Buchhandels.

Dieses Werk elektronisch lesen

Dieses Werk ist Teil der Gutenberg-DE Edition DVD. Diese enthält das komplette Archiv des Projekt Gutenberg-DE. Die DVD ist im Internet erhältlich auf **http://gutenbergshop.abc.de**

Zeitfracht Medien GmbH
Ferdinand-Jühlke-Straße 7
99095 Erfurt, Deutschland
produktsicherheit@kolibri360.de